Suzhou River

苏州河 —— 海飞 著

浙江文艺出版社
Zhejiang Literature & Art Publishing House

图书在版编目(CIP)数据

苏州河 / 海飞著. — 杭州：浙江文艺出版社，

2024. 9. — ISBN 978-7-5339-7697-2

Ⅰ .I247.5

中国国家版本馆CIP数据核字第2024ZY3949号

策划统筹　王晓乐　　　　责任印制　吴春娟

责任编辑　丁　辉　　　　封面设计　@Mlimt_Design

责任校对　萧　燕　　　　营销编辑　詹雯婷

苏州河

海飞 著

出版发行　浙江文艺出版社

地　　址　杭州市环城北路177号

邮　　编　310003

电　　话　0571-85176953(总编办)

　　　　　0571-85152727(市场部)

制　　版　浙江新华图文制作有限公司

印　　刷　杭州富春印务有限公司

开　　本　787毫米×1092毫米　1/32

字　　数　132千字

印　　张　8

插　　页　6

版　　次　2024年9月第1版

印　　次　2024年9月第1次印刷

书　　号　ISBN 978-7-5339-7697-2

定　　价　59.00元

目录

苏州河

1

宝山在苏州河边他家的屋顶平台上专心地喂鸽子时，赫德路55弄的一间出租房里，有个女人被割开喉咙倒在了血泊中。那天下午2点40分光景，接警的徒弟炳坤开车来接他，顺便在路上给他捎了一只他喜欢吃的葱油饼。炳坤把车停在宝山家门口的乌镇路上，没有熄火，他站在随着发动机的运动而不停发抖的车门边，举着一柄黄色雨伞对平台上的宝山声音嘶哑地喊，处长问你，能不能过去一趟？

雨就是在这时候降临的，宝山的目光从鸽子身上收回，转头就看见整条苏州河都被秋雨淋湿了。他发了一会儿呆，想着这秋雨怎么落成了黄梅雨的模样。后来他一步步地走下楼，从家门口一跃一跃地蹿出，一步跨进炳坤撑起的伞底。当他钻进电线杆下的黑色福特轿车时，心里骂了一句，册那，杀人还挑落雨天。

案发现场拉起警戒线，叽叽喳喳围了好多人。他们就像一群新鲜的蘑菇一样顽固地站在雨中，许多潮湿的目光都看到北边的安南路交叉口，下车的宝山穿着一件宽大的黑色风衣，手捧一只似乎没有了热气的葱油饼向这边走来。他走得从容而缥缈，像一幅被风刮起的油画一样。炳坤依旧撑着那把伞，让它尽量盖到宝山的头上。在到达寿器店门口时，炳坤跳过地上的一团污水，换了一只手打伞，然后甩开手臂盛气凌人地喊，让开！

人群即刻让出一条狭窄的通道。宝山走进塞满呼吸声的人墙，看见脚下留给他的路面渐渐变得宽广。他低头，目光专注地吃着葱油饼，吃得热烈而且仔细，最后一脚迈进牙科诊所的客堂间，又踩上那截吱呀作响的木板楼梯时，才耐心地看着葱油饼在他嘴边慢慢消失。

吃完了葱油饼，宝山来到二楼卧室门口。他跨过两片手掌那么宽的血流，脚上那双湿答答的牛皮鞋，正好嚣张地踩到了尸体面前。宝山把沾了油的手在炳坤递来的一张报纸上胡乱地擦了擦，同时盯着尸体抽了抽鼻子。

周正龙记得，那天的雨下得很细密，像眼下很多上海人缠来绕去的心思。他把窗子稍微打开，在窗玻璃有点倾斜的反光里，看见闯进来的宝山连瞧都没瞧他一眼，好像把他当成了一团潮湿的空气。周正龙觉得心里多少有点憋屈，作为上海市警察局的刑侦处处长，此刻他在宝山眼里似乎还不如一具受害人的尸体。但他还是努力地挤出笑容，摘下被雨雾沾湿的眼镜，眯着一双眼说，你终于来了。

宝山并不吭声，只是蹲下身子盯着女尸看了一阵，说，死了两个钟头了，凶手杀人后抽了一根烟。然后又想了想，说，窗是谁打开的？过去给我关了！

炳坤一直在记录，写到"窗是谁"的时候才惊醒一般停下。他把那三个字认真地划掉，走去关窗的时候，发现周正龙看着他狡黠地笑了。周正龙擦好镜片，重新把眼镜戴到鼻梁上说，血浆上那团烟灰，怎么就肯定是凶手留下的？

此时宝山收紧风衣下摆，让它不至于拖到地上。然后他绕着尸体移动了两步，说，死者不抽烟，房间里没有烟缸。

民国三十七年11月5日下午3点15分，到达案发现场的宝山正式接手了静安分局辖区的这起人命案。许多年后，就职于上海市公安局的炳坤经常会回想起赫德路上宝山办案的这一幕。炳坤那时候有一种错觉，觉得民国时期的上海一年到头都飘飞着缠绵的雨。而他师父宝山，则行走在这一片风声鹤唳的雨里，背影永远是一件黑色的风衣。

那天赫德路黑压压看热闹的人群中，有个43弄过来的刘裁缝。刘裁缝六十多岁，头发花白，他那碗底一样圆的老花镜拴了一圈很长的橡皮筋，耷拉在脖子后面。

刘裁缝记得这天中午差不多12点光景，自己过来给租住在55弄2号门2楼的张小姐送新做的月牙领子旗袍。路上，他停下来跟一个熟人谈了几句天，其间曾经远远地看见，在2号门客堂间开牙科诊所的丁医生从楼上的住处下来。等丁医生走到跟前，刘裁缝迎面跟他打了个招呼，说，丁大夫侬去啥地方？丁医生说，我去菜场买点小菜。刘裁缝也就是在这时候发现，丁医生卷起袖口并且随意敞开的白大褂下面，皮鞋鞋尖上有一团很醒目的红色。他于是说，丁大夫在屋里厢刷油漆啊？只是租来的房子，你还这么舍得花钞票？

丁医生就很茫然地停下，抬起那只被刘裁缝盯着的脚。他看了一眼鞋尖，心想，这可能根本不是油漆，而是血。接着丁医生又慌兮兮地回头看了一下来时的路，整个人似乎很惶恐，并且自言自语地骂了一句，真是要死了。

2

死者名叫张静秋，躺在地板上十分安详。她穿了件石
榴色的旗袍，优雅的身子躺成类似于侧卧的婴儿的形状。
有那么一刻，宝山恍惚觉得，张静秋只是停留在一段绵长
的午睡中，她看上去就如同静美的秋天。可惜属于她的秋
天现在戛然而止了。

房间里有一幅油画，画的好像就是张静秋几年前的自
己。油画下有一台钢琴，旁边摆了一只皮箱，擦得很干
净，仿佛主人要出远门的意思。宝山想，如果可以忽略地
板上的血，眼前的房间算得上非常整洁。他之前去过很多
凶杀案的现场，可是像这样的场景，的确还是头一回见。

张静秋的嘴唇涂了一层口红，不是娇艳的那种，而是
有一些湿润的光泽。她的眉毛也是画过的，让人想起《良
友》画报封面上的明星。

炳坤给尸体翻身，于是能够更加清晰地看见，刀口就
在张静秋的脖子上，一直深入到喉管。切口从右下角往左

上角拉开，像打开了一条手指那么长的拉链。宝山望着伤口，仿佛望见一扇虚掩的门，里头藏了无尽的秘密。

风把炳坤掩上的窗再次吹开，于是张静秋打开的衣橱里，一排高低不等的旗袍萧瑟着飘了飘，纷纷靠得更紧。它们似乎和躺在地上的主人一起，忽然感受到了无尽的凉意。

宝山后来坐到沙发上，他的身子深深地陷了进去，仿佛陷进的是一种无声的悲凉。在很长的时间里，他一直望向窗外遥远的雨阵。他想象着被凶手一把割开喉管时，张静秋的脖子一定痛得发热。而她在临死之前，因为流光了所有的血，肯定也感觉特别冷。张静秋空洞的目光，曲折地望向房间里一个高脚的炭炉，里头的炉火刚刚熄灭。这样的熄灭，一定让张静秋的心中充满了悲凉。

慌慌张张的刘裁缝被带了进来，挂在脖子上的那圈橡皮筋跟随他的身子一起发抖。他是第一个发现凶案现场的。几个钟头前，刘裁缝登上二楼要给张静秋送旗袍时，却突然看见了门口的一团血，而且透过窗帘缝隙，见到了躺在血泊里的张静秋。刘裁缝一把扔出纸包的旗袍，像是惊惶地丢出掉进怀里的一条蛇。他的声音似乎从遥远的脚底板下升起，很长时间无法聚拢到一块，最后才传出让人心惊肉跳的声音，杀人了！

宝山对炳坤说，去把丁医生给我找来。

但是丁医生消失了，谁也没有寻到他。

那天离开现场，宝山竖起风衣领子直接钻进了雨里。周正龙跟上去殷勤地说，去啥地方？

宝山说，老地方喝茶。

周正龙就笑了一下，他知道宝山喜欢去他办公室喝茶。宝山认为，上海人必须多喝茶，茶汤可以洗脑，洗去那些乌七八糟的念头。

人群再次让出一条通道，宝山就那样不声不响地走着，他一眼都没有望向那些围观的人，表情麻木。但他心中却这样想，老天爷真是不讲道理，这些没心没肺看热闹的人，反而活得更长。后来宝山抬起了头，好像是对着天空自言自语，天晓得，我这三十六年是怎么过来的！

周正龙安慰他说，好嘞，你也不要叹气，三十六岁又不老的。咱们中华民国都三十七岁了，看上去照样跟跑马场赛道上的野菊花一样年轻。

宝山就认真地说，处长我同你讲，我从来没觉得我自己老。我只是觉得世道变得越来越年迈，好人全都不留种。

那天，炳坤提着张静秋的那只箱子把车门打开。离开赫德路时，他抬头看了一眼车窗外暮色深重的天空，觉得秋天就是从这时候起变得越来越萧瑟了。

3

上海市警察局位于福州路185号，宝山记得这幢大楼在民国二十四年6月建成时，还是公共租界工部局的中央巡捕房。那时宝山是巡捕房的华警。在南京路、九江路以及汉口路上，黄浦江吹来的风一年四季贯穿在他的头顶。宝山每天执勤巡逻时，提着根橡皮警棍，胸前挂一个英格兰出产的银色警哨，也就是上海人说的"叫子"。他就这样游荡了几年，后来日本人耀武扬威地来了，租界警务处改成他们的警察部，警视总监是一个名叫渡正监的男子。

宝山对这些基本不管。他只是扔掉那只"叫子"，被调到刑侦处开始破案子了，大大小小的案子破了一大堆，卷宗摆在一起有烟囱那么高，其中也有不少人命案。一转眼到了民国三十二年的7月，日本政府处心积虑演了一场戏，把租界"自动交还"给汪精卫。渡正监于是拍拍屁股走人，过来接替他当警察局局长的是兼任上海特别市市长的陈公博。

宝山在车里想着这些时，炳坤已经将车子开进了福州路185号的大院。雨丝依旧细细地飘着，宝山望着楼顶办公室几扇开了灯的窗户，又想起三年前日本人投降时，就是周正龙推开眼前这扇被雨淋湿的铁门，迎来了接收上海市警察局的宣铁吾。那次周正龙对宝山笑笑，笑得很甜，说新来的局长是我老乡，他姓宣，宣布的宣。宝山就从头到脚看了一回周正龙，感觉阳光洒在身上有点痒，他随即笑眯眯地说，你这皮鞋和衬衫是不是刚买的？新来的是局长，又不是你们家的新娘。

　　周正龙这天在办公室里给宝山泡的是铁观音，宝山喜欢在他这里喝茶。

　　炳坤用粉笔在黑板上大致画了一张现场模拟图，门口特别标出了踩在血迹上的一只脚印。他说，根据已经从丁医生房里拿到的鞋子比对，脚印和鞋子的尺码是吻合的。丁医生在一楼开诊所，平常住的房间在二楼张静秋的隔壁，他住在里面一间。

　　宝山静静地听着，一边喝茶，一边专心吃着周正龙老家的特产，装在纸袋里的诸暨炒香榧。他认为香榧的香和葱油饼的香是截然不同的香，香榧剥开后，有一种阳光下树林和山野的味道。不过他对周正龙说，脆是真脆，只是今天这香榧有点咸，盐放多了。

周正龙把香榧袋子提回去，说可以讲案子了，你都快吃掉我一斤香榧了。

宝山有点遗憾，站到黑板前指着那张图说，我认为凶手是爬窗进来的，杀人后也是从窗口离开的。

你觉得不是丁医生杀的人？周正龙说。

宝山没有回答，想了一阵说，先找到姓丁的，明天痕迹科出来的检验结果很重要。

不过宝山没有想到，痕迹科后来从现场没有提取到任何有价值的指纹和脚印。凶手像是飞进来的一只蝙蝠，连一粒灰尘都没有留下。

第二天一早，炳坤在办公室等宝山。他给宝山擦完了桌子，拎来一壶开水，还把当天的报纸摆在他桌上。这时候门被推开，进来的却是宝山的妻子来喜。来喜看一眼炳坤，犹疑了一下说，你们昨天是不是加班？宝山怎么一个晚上都没回去？

炳坤有点诧异，但还是安慰来喜说，你坐下，别急。

4

两天后的中午，炳坤跟着周正龙，一路走进淞沪警备司令部审讯处处长的办公室，他们给对方出示了宝山的警察证以及持枪证。然后周正龙自己拉出椅子坐下，跟聊天一样说，局里现在有一桩案子，我们想这就带宝山回去。

审讯处处长捏了捏鼻子，将证件扔给一旁的秘书，似乎不怎么情愿地把头抬起说，你们还有没有其他的理由？周正龙愣了一下，随即又心平气和地说，你楼上的宣铁吾司令是我们原来的局长，我跟他也是诸暨枫桥镇的老乡。你看这能不能也算是一条理由？

炳坤眼看着对方处长把头低下，沉思了很久，最终还是缓慢地摇了摇头，然后翻开日历说，也就是关他个三五天吧。顶多十来天。总之不会让他在这里过年的。

原来，宝山那天回家去的路上，在乌镇桥上跟迎面开车过来、喝酒耍威风的警备司令部审讯处处长干了一架。处长带着好几个人手，举起宝山的脚踏车想要扔进河里。

宝山过去一把将它夺下时，却被背后的士兵抢起卡宾枪枪托狠狠地砸了一记脑袋。宝山后脑勺流了很多血，他稍微摇晃了一下，拔枪时几乎就射出了子弹。这时候处长却开心得要死，靠到车厢盖上盯着他说，哟吼。

如果仅仅是这样，宝山也不至于有太多的麻烦。关键是后来核实他的持枪身份时，也不知道怎么回事，宝山对人五人六的审讯处处长冷笑了一声说，有你们这帮饭桶，东北保不住的，北平也一样。处长愣了一下，说你要不要再讲一遍，我刚才没怎么听清楚。宝山想都没想，直接说，上海早晚也会被你们搞丢，国民党军想不输都难。审讯处处长的笑容就慢慢收了起来，他说，你完了。

周正龙没有就此罢休，他后来跟着审讯处处长去了七楼看守所。走到宝山跟前时，他眨了眨眼给宝山做眼色，故意大声地说，俞局长让我问你，笔录上那些话是不是你讲的？会不会是司令部的人听错了？

宝山望着周正龙，慢慢地浮起了笑意，说，没错，是我讲的。

宝山又把目光转向了审讯处处长，说我就是跟这王八蛋这么讲的。说这话时，他还死死盯着审讯处处长，说我看你能关我多久。

炳坤后来才晓得，宝山当天下午是被一个名叫童小桥的女人保释出来的。童小桥是上海仲泰火柴厂的老板娘，她以前是来喜的东家。

那天，童小桥和司机老金一起，将三根金灿灿的金条摆在了审讯处处长的桌上。童小桥摆弄了一下手镯，轻声地说，处长最近是不是想买去香港或者台湾的船票？我刚才来的路上替你问了一下行情，你一家五口人的舱位，现在就买，估计有这些应该够了。

处长随即一手将金条盖住，笑眯眯地说，唐太太是怎么知道这事情的？

童小桥会心地笑了，眼光轻飘飘地望向了窗外说，上海又没有秘密的。

处长于是仔细盯着她波浪卷的长发，觉得它们看上去像一排好看的英文字母。他想了想说，怎么，难道这个还没学会说话的戆大是唐太太的知己？

请处长千万不要想多，其实我只是同你一样，喜欢在上海多交几个朋友。

童小桥说完了这句，处长当即划亮了一根火柴，将那份笔录给烧了。他后来对着燃烧的火柴棍吹了一口气，说，你们仲泰火柴厂的火柴，在上海卖得挺好。我一直喜欢用这个牌子。

5

宝山和童小桥认识，是两年前的事情。那时宝山在局里已经很有一点名气。

那次，宝山是在破了一桩杀人案后，发现当事人还偷了童小桥的一只皮箱。宝山记得那只皮箱样子很精致，里头摆满了五光十色的旗袍，让他觉得满眼都是富贵。皮箱拉手上还挂着一枚红色的牛皮标签，上面盖了一个"廿八都商行"的印章。

宝山后来走进唐公馆，把皮箱放到童小桥跟前，看见她正躺在用安吉竹子打造的躺椅上打瞌睡。他站在客厅里犹豫了一下，好像听见院子外头的梧桐树上，有一只啄木鸟在辛勤地啄凿树洞，声音跟缓慢的快板一样。这时候，童小桥把眼皮张开，她似乎蒙蒙眬眬地看见，有个男人站在他们家客厅，像是一个过来送信的邮差，也像他们家刚刚装修起来的一根柱子。

宝山说，唐太太你看看，是不是少了些什么。

童小桥坐直身子，她之前已经接到过警察局告知皮箱被追回的电话。宝山看着她，发现此时涌进屋里的一缕阳光，在穿透头顶那层彩色玻璃后，正好将她给毛茸茸地围住。童小桥目光慵懒，只是扫了一眼打开来的皮箱，就很不当回事地说，什么都没少。

皮箱里的旗袍闪耀着丝绸的光，宝山记得摆在最上面的一件，胸口处绣了一朵纤巧的梅花，还在花瓣间特地镶了颗纯白的纽扣。就在童小桥懒洋洋地盖上皮箱的时候，他说，唐太太是开商行做旗袍生意的吗？

此时童小桥换了个姿势坐着，可能腰背不怎么舒服。但她的声音却变得跟水一样，让宝山听着很舒服。她说，陈警官，你看我像是个做生意的吗？

刚才不像，现在就更不像了。

那你还问。童小桥突然浅浅地笑了。

这么说你果然不是，宝山说，其实我刚才也是乱猜的。

童小桥于是就笑得很开心，她对走过来的司机老金说，原来跟警察聊天也是蛮有意思的，下回要是我也被绑架了，你可以试试找一下这位陈警官。

童小桥说的绑架案，是指这一年面粉大王和纺织大王荣德生被绑票分子重金勒索的事件。就在8月27日那天，几个案犯正式被枪毙。报纸上讲，案子之所以能告破，多亏了从无锡借调到上海来的绥靖区司令毛森。

宝山后来成了唐公馆的常客，每次过去，童小桥的先生唐仲泰基本都不在，因为唐仲泰的火柴厂生意很忙。给宝山开门的照例都是老金。老金的嘴巴里有一颗金牙，在上排牙齿中间过去第四颗。阳光晴好的时候，宝山看见金牙在老金嘴里一闪一闪的，像含在嘴里的一颗星星。

宝山这天从警备司令部出来，上了老金的道奇车子。他对老金说，谢谢侬。

老金却斜着眼睛看他，理了一把盖到脖子后面的长发说，跟我有什么关系，金条是太太给的，你小子主要是命好。

这时候收音机里有个女播音员可能没有睡醒，念着新闻稿好像在讲她们家隔壁邻居的事情。她说，东北已经门户大开，只有短短几天时间，沈阳和营口就相继被共军给攻克了。老金很不耐烦地把收音机给关了，说，太太在前面等你，你碰到这倒霉事情，是来喜同太太来讲的。

宝山于是看见童小桥等候在四川路桥南边的身影。她一个人站在桥头，目光显得有点散淡。秋天的风没有方向感，将她的旗袍下摆吹起，像是一面胡乱缠绕在身上的旗。

宝山替童小桥打开车门，等童小桥坐进车厢时说，你不应该给那王八蛋金条。

童小桥笑了一下，说，你不用急着去局里，听说杀人案的凶手已经抓了。

抓的是谁？

楼下开诊所的牙科大夫。

宝山却直接骂了一声胡闹，声音几乎把童小桥和老金给吓到了。

6

丁医生是在前一天夜里潜回住处时被炳坤当场抓获的。炳坤检查了这家伙想要带走的箱子，发现夹层里压着几件张静秋的胸罩，全是不同的颜色，看上去都蛮新的，可能没下过几次水。

炳坤说，你可真够狠的。你不仅拔牙，你还夺命。

丁医生即刻瘫倒在地上，像诊所里一团软不拉叽的输液管，连说话的力气都没有。一直到宝山回到局里，出现在他面前，他仍然没说过一个字，只知道不停地摇头。

宝山这天赶到审讯室时，瞪了炳坤一眼，直接把丁医生的手铐给解了。他还拍拍丁医生的脸，问他哭什么哭，说我知道杀人同你没有关系，但你长着一张嘴，总要开口说话的。

丁医生愣了一下，随即哭得更加凶狠，眼泪鼻涕稀里哗啦的。宝山一直等他哭完，才说，把你知道的都讲一遍。

丁医生于是开口了，讲得很详细。

张静秋是个独居的女人，她在礼拜六是不上班的。如果是晴天，就抱着一本书在阳台上晒太阳，或者叮叮咚咚敲一两个小时的钢琴。不仅如此，丁医生还知道她平常每晚是几点回家，一般早上什么时候起床。

宝山说，这些细节你是不是都用一个本子给记着？

丁医生愣了一下，胡乱抓了一把光秃秃的头皮。他又说，张静秋经常晒衣服，晒得最多的是旗袍和袜子，袜子多的时候有好几双，还有各式各样的毛巾什么的。这些东西挂到阳台的竹竿上，每天晃来晃去，有很多清光光的水珠滴下来。

你就这样偷走了她的内衣？宝山说，但是别讲这些，告诉我其他的。

她有老公的，后来不见了。现在换成一个姘头，每个礼拜三过来一次，天不亮就走，夜里声音很响。有一次我吓了一跳，害得我正在擦头皮的生姜都掉到了地上。

见过她男人吗？我是说礼拜三过来的这个姘头。

只见过一面，他都躲着人家的，一看就是不正当的呀。

你是不是很羡慕他艳福不浅？

丁医生张大眼睛，他奇怪怎么又被宝山讲中了。

以后发生这种事情，不能逃。宝山说，逃了说明你心里有鬼，警察当然就要抓你。

丁医生那次因为要去买菜，就从诊所上楼去房间里拿钞票。但是他没有想到，那时候张静秋已经被杀了。他踩过张静秋门口，根本没有注意到蔓延到走廊里的血，所以皮鞋上就沾了一团红。宝山他们到达现场后，他见到刘裁缝被拉去询问，心想，这下子事情很难讲清楚了。除了脚上的血，他家皮箱里还藏着张静秋的胸罩。他怕一搜查，自己会被当成奸杀张静秋的凶手，所以就想先把胸罩带出去给扔了。

这天的后来，丁医生叫来两个病人。他们共同做证，在案发时间里，丁医生正在一楼诊所忙着给他们补牙。

炳坤看着宝山将丁医生送走，他沉默了很长时间，心里还是没有想明白，宝山那天怎么一开始就没把丁医生当嫌疑人。宝山就告诉他，刘裁缝之前讲过，就在案发不久时，楼上下来的丁医生穿了件白大褂。宝山说，大白天穿了白大褂去杀人，之后还大摇大摆地上街，你觉得这有可能吗？除非他是个疯子。因为杀人的刀子下去时，喉管里喷溅出来的是血，不是自来水。血肯定会溅到褂子上，那刘裁缝和街上那些邻居能看不见？他们又不是瞎子。

那他要是身上溅到了血，正好套上一件白大褂给遮住呢？

可是刘裁缝说过，姓丁的白大褂是卷起袖口而且敞开的，那些扣子全都没扣上。还有，他留在血迹上的鞋印，方向的确是从外面走廊里踩过来的，而不是从张静秋房间里踩出来的。宝山说，现在更加可以证明，凶手的确就是通过窗户进出的。因为如果是通过一楼的楼梯，那天诊所里的丁医生和病人一直都在，他根本不敢。

这时候，炳坤叹了一口气，那天因为抓了丁医生，宝山之前交代过的窗台，他都没有让痕迹科去检查过。不仅如此，房东已经把整个房间里里外外打扫过，就连窗台也冲洗了一遍，说是只有这样，房子才方便租出去。宝山听炳坤说完，觉得这回凶手连做梦都要笑醒了，他感觉被警备司令部那帮人敲过的脑袋隐隐有点痛。

7

宝山第二天起床，看见来喜在屋顶平台上喂鸽子。那些鸽子很精神，身上的羽毛光滑得跟水一样，它们看见宝山就纷纷朝他脚边围拢过来。

宝山的屋子是干爹和干娘留给他的。这么多年，他一直很喜欢屋顶这个露天平台，可以坐在阁楼的老虎窗边一个人看着苏州河，想很多事。苏州河里有很多沙船，每天来来往往，犁开水面时会蹦跳出许多白条鱼。不过也有那么一次，宝山却在水面上见到一具尸体。尸体缠满水草，从水底下懒洋洋地浮起，围了一群五花八门的鱼。

来喜这天准备了一盒法国巧克力，以及一份五斤装的诸暨糯米年糕，她让宝山去一趟童小桥家里。来喜揉了揉有点痛的膝盖，说也不晓得太太这次为你花了多少钞票，总之不是小数目。

宝山是在去年冬天成了唐家的常客，并且知道童小桥喜欢听越剧，还喜欢弹琵琶。有一次上海落大雪，童小桥问宝山，你有没有听人讲过浙江的崇仁镇？宝山勉强地笑笑，他对浙江不是很熟。

童小桥就过去把留声机打开，让宝山听河水一样清凉的越剧声。她说，浙江的嵊县有个崇仁镇，那里的女人一年四季忙着演戏，她们头戴凤冠脚踩高靴，一天到晚在连接舞台的石板街上走来走去。

宝山于是觉得，浙江人的确蛮有意思，能够活出两种人生来。他后来又听童小桥说起，上海高升舞台响当当的喻传海师傅，早年就是入赘在了崇仁镇的廿八都村，结果这人带出了村里的名角张荣标，艺名"两朵花"，还有越剧皇后筱丹桂。

宝山于是想起童小桥那只盖了"廿八都商行"印章的满是旗袍的皮箱，他也终于知道，原来童小桥的老家是浙江崇仁镇的廿八都。童小桥这天让他听的唱片，是筱丹桂和张湘卿合演的《玉蜻蜓·劝夫》，百代公司上个月刚刚推出来的。宝山竖起耳朵使劲去听，可是他听了很久，最终还是一个字也没听懂。

童小桥就说，慢慢听，以后你自然会听懂的。

宝山缓缓地看了童小桥一眼，觉得待在她身边的时光变得很精致。所以他喝了一口茶，盯着童小桥冷不丁说了一句，我同你讲，我真想跟唐仲泰决斗。

童小桥却把眼帘低下去，划亮一根火柴捧在手里。她笑了一下说，瞎三话四，你晓不晓得我比你大两岁！

大十岁你也是个女人。

童小桥不响，侧过头去看院子里的雪。雪积得很厚，就要把唐仲泰刚才离家时的那排脚印给填满。她说，你很快就三十六了，我想给你做媒。我同你讲，周兰扣不适合你的，她就是一匹套不住的野马。

宝山止不住笑了，他没想到事情会这么有趣，就连童小桥也听说了周兰扣的事。

童小桥一直划着火柴，每次都盯着手里的火苗，等待它慢慢变小。宝山看见她一张脸被明亮的火光映红，看上去似乎是透明的。她后来笑了笑说，上海又没有秘密的。

周兰扣是宝山的顶头上司周正龙的妹妹，二十八岁了还没嫁人。她是上海的半个明星，在新新公司六楼餐厅的玻璃电台当播音员，还上过《大声无线电》半月刊的《小姐动态》栏目。宝山记得那期《大声无线电》杂志照片里的周兰扣，笑得像一株碧绿的水仙。

宝山是在警察局的一次新年联谊会上认识周兰扣的。那次周兰扣跟在哥哥周正龙的屁股后面，吃夜宵时，坐到宝山边上说，我全看过了，上海那么多警察，就你最像男人。

宝山说，何以见得？

我当然是凭直觉。周兰扣又说，我同你讲个秘密，我从小就喜欢像个男人的警察。

宝山后来才知道，周兰扣什么都会。她不仅骑马，还骑摩托车，骑得风驰电掣一般。她常去赛狗场上买彩票，看中的一条狗是俄罗斯血统的，有半人多高，全身跟木炭一样黑，宝山怎么也记不住那条狗很长很长的名字。周兰扣还去明星公司拍电影，她演的配角穿的是只有三片布的泳装。后来她参加上海滩游泳皇后的选举，虽然游得像一条箭鱼，可惜还是没有进入前三。

那次游泳比赛结束后，宝山和周正龙去接她，宝山还给周兰扣买了一纸袋她喜欢吃的糖炒栗子。周兰扣剥开栗子说，这种比赛没多大意思，她们赖皮，抢时间了。她们主要是靠作弊的呀。

那天，三个人一路走回去，天空碰巧落雨。宝山临时买了两把伞，让周正龙独自撑了一把，另外一把他给周兰扣打着。走到外白渡桥时，雨点砸在钢梁上，敲出叮咚叮咚的声响。周兰扣抬头去看雨，这才发现宝山差不多站在伞外。她说，你是不是喜欢淋雨？你又不是一片草地。

宝山说，我个头大，雨伞里挤不下我们两个。

周兰扣听他说完，突然笑呵呵地跳起来亲了他一下，说晚上哪里吃饭，我想吃牛排。

看着周兰扣骨头轻的样子，周正龙于是很苦恼，说你要是不嫁给宝山，你就别这样风骚。

周兰扣说，要你管？你又不是我爹。说完又跳起来亲了宝山的脸一下。

宝山这天将巧克力和诸暨年糕摆在童小桥的桌上，他说，来喜让我问你，司令部那边花了多少钞票，这钱我们以后得还。童小桥似乎什么也没听见，只是在忙着调试手里的琵琶。琵琶是唐仲泰从扬州给她带回来的，最近弦有点松，经常会走调。

老金给宝山泡好茶，急着要和宝山开始下棋。老金的棋瘾不是一般的重，他说昨天开车的时候，心里还想着前一次跟宝山下的那盘棋。宝山说，那你眼里还有没有红绿灯？老金却正好抓起一只绿色的马，考虑着该在哪里落下，他说你别吵。

童小桥这时比较完整地弹拨了一次琵琶，感觉声音稍微准了一点。然后她把琵琶弦按住，看着宝山说，听说你们把凶杀案的人给抓错了，不会是真的吧？

宝山盯着棋盘不吭声。老金盯了他一眼，说该你了。

童小桥就笑了笑，把琵琶放下说，我怎么一下子很想吃来喜的馄饨。我嘴馋了。

来喜是童小桥介绍宝山认识的，时间是在去年的冬天。那天夜里，宝山和老金下完棋，童小桥带他去吃了一回来喜的馄饨。回来的路上，童小桥问宝山，你觉得馄饨味道怎么样？宝山回想了一下，说挺好的，虾仁馅很新鲜。可惜她不卖葱油饼。

来喜在街上卖馄饨之前，曾经在唐公馆里给童小桥和唐仲泰洗衣做饭，偶尔也帮老金一起擦擦车子。可是有一年春天，来喜的腿脚变得有点不方便，膝盖老是酸胀疼痛。有一次擦楼梯的时候，她感觉腿上被针头扎了一下，脚底一软，整个人摔了一跤，从二楼滚到了一楼。童小桥急忙奔跑过去把她撑起。来喜满头是汗，心里非常过意不去，说，太太，可能我不适合留在这里了，再这样下去，都成你来伺候我了。童小桥说，瞎三话四，一下子讲到哪里去了。我让老金送你回去，休息几天就好了。

但是回去家里的来喜，此后就再也没有回去过唐家。

这年夏天，老金有次开车送童小桥去办事，从法国公园门口经过。在此起彼伏的知了声中，他和童小桥都见到了路边梧桐树下开了馄饨铺的来喜。童小桥于是走下车，从坤包里抓出一把钞票，数都没数，就走上去摆在了来喜的桌上。她说，你还有一个月的工钱没结，我今天身上就带了这么多，以后有需要你再过来拿。

来喜望着那堆花花绿绿的钞票，心里有点慌。她顾不上锅里已经煮熟的馄饨，急忙把钞票给推了回去，说根本没有这么多，太太的心意我收了。

那时候头顶梧桐树上的知了使劲地叫唤，童小桥真希望它们能把声音降低一点。她想了想说，你总这样下去也不是个办法，女人得有个家。

宝山这天下完棋从唐公馆回去的时候，在路上给来喜买了一个旧的电吹风。他在家里牵着来喜坐下，打开电吹风后呼的一声，吓得来喜脸都白了，差点从藤椅上掉下来。

宝山挽起来喜的裤管，用电吹风对着她膝盖吹。来喜闭上眼睛，身子一直发抖，最后猛地叫了一声，烫。宝山就把电吹风移得远一点，说，这样可以吗？

来喜在藤椅上慢慢地坐稳了。她看见宝山举着电吹风，像是停电的夜晚举了一个手电筒。宝山对来喜说，汤婆子焐膝盖没这个方便，你以后直接对着吹就行。

上床的时候，来喜看着宝山后脑还没痊愈的伤口，说，你以后上街别穿便服了，记得要穿警服，省得他们不把你当回事。她想，现在仗打得那么厉害，以后上海可能会越来越没有规矩。

宝山却替她盖好被子说，警服有什么好穿的，留在柜子里就行。

来喜把灯给关了，抱着宝山，整个身体紧紧地贴着宝山，跟他一起听苏州河里的机船马达声，以及机船经过后激起的水花声。她觉得日子就像苏州河的河水，就这样不分昼夜地流淌着，从来也不会感觉到疲倦。

8

宝山第二天叫上炳坤，两个人又去了一趟赫德路。

牙科诊所里，丁医生在忙，他现在病人很多。宝山望着他灯泡一样的头皮，拍拍他肩膀说，头皮上擦生姜已经不管用了，以后最好能试试马鬃膏。丁医生于是又一阵惊讶，怎么又被宝山说中了？他前两天刚看了一本中医书，书上讲曹操的儿子曹丕，对付脱发用的就是马鬃膏。只是他现在还没搞清楚，到底什么才是马鬃膏。

在张静秋遗留的钢琴旁，宝山眯着眼睛，用很长时间想象着一名男子，神鬼不知地在中午时分攀爬进窗口。那肯定是个老手，大白天闯进来都没有惊醒张静秋，要不然她早就喊了。他能躲开众多街坊邻居的视线，从窗口很轻松地翻出去，说明对这一切很有把握。

昨天是礼拜三，夜里宝山和几个便衣警员守候在街边，他还特意让炳坤将房间里的床头灯给开着。但是一直没有人过来敲门，就连几声狗叫，听着也似乎很遥远。

在张静秋的梳妆盒里，宝山翻寻了很久，最终发现一枚子弹头。他让炳坤查一查，张静秋有没有亲人在部队上。炳坤觉得比较难，在静安分局的户口档案里，张静秋的那一栏只有她原来老公的名字。但是就连这个男人，分局查了好多天，现在还是没有一个结果，不晓得他去了哪里。

炳坤说，凶手会不会就是她老公，畏罪潜逃？

宝山没有吭声，他也就是在这时候想起了张静秋的那只皮箱。

在周正龙办公室，炳坤将从物证科里领出来的皮箱打开。宝山顿时愣住了，里面竟然凌乱得一塌糊涂。他确定这不是张静秋的风格，因为那是一个多少整洁的女人。

有没有人动过？宝山说。

炳坤茫然地摇头。箱子送到物证科时还贴了封条。

凶手肯定是奔着皮箱来的，宝山说，里头一定少了什么。

周正龙想了想，说，少的不会是钱吧。

宝山笑了，说钱又不值钱的。

说不定是戒指或者手镯什么的呢。周正龙说，周兰扣就是将值钱的东西都塞在皮箱里。她还有一根很粗的意大利项链。

宝山不响，捡起皮箱里一根细细的头发。他想，周正龙这个当哥的，还真挺像周兰扣的爹。

周兰扣的意大利项链宝山曾经见过，原先是抓在另外一个人的手里。

去年圣诞节，宝山一个人吃着刚买的葱油饼，满嘴热气地站在被雪包裹的行道树下，心里突然想起了周兰扣。他觉得是不是需要给周兰扣买一纸袋热腾腾的糖炒栗子，然后亲自给她送过去，看她惊喜地咬一下栗子壳，又咋咋呼呼剥开栗子时的表情。但是事实证明宝山迟了一步，他后来在周正龙家附近昏黄的路灯下，看见周兰扣挽了一个穿着深灰色呢子大衣的男人，对方手里也捧着一纸袋的栗子。两个人边走边吃栗子，快要到家的时候，周兰扣攀上男子的肩膀，声音甜得像一块巧克力。她说，唐，我要吃你嘴里的那颗栗子。宝山于是看见两人的嘴巴很快纠缠在一起，过了蛮久都不愿意分开。然后等这一切结束，男人从大衣兜里掏出个盒子，拆开来拣起一条闪闪发光的链子说，意大利进口的，喜不喜欢？周兰扣动作比兔子还快，一把抓了过去，在脖子前比试了一下说，真亮，是不是钻石的?

宝山一下子觉得这对男女真是登对，可能连他们咬在嘴里的栗子也是钻石的。雪开始下得纷纷扬扬，最后漫天飞舞，将宝山乌黑的眉毛遮盖住。宝山抹了一把脸，默默地转过身去。他也就是在望向两人的最后一眼里，终于看清那个斯斯文文的男人，其实是唐仲泰，也就是童小桥长袖善舞的老公。

后来，宝山去仙浴来澡堂泡了一个澡，都快把自己给泡发芽了。离开澡堂的时候，他觉得身上特别清爽，连脚底都冒着热气。他于是在苏州河边刨开一堆雪，将那包一颗没少的糖炒栗子全都倒进了雪地里。然后他将雪盖回去，拍拍平整，并在四周踩了几下，让它看上去好像什么都没发生过一样。

可是在来喜的记忆中，这年圣诞节后的一天，却发生了一件令她难忘的事情。

那天宝山去找来喜，在老正兴面馆，两个人坐在一起各自吃了一碗三鲜面。吃面的时候，一句话也没有说，等到吃完，宝山掏出一只皮夹子，推到来喜面前。

宝山说，给我当老婆行不行？这个归你管。

来喜夹好面条的筷子停在半空中，很久以后，她有点紧张地笑了一下，什么也没说。

宝山说，我不是开玩笑，我是认真的。以后我从局里领来的工资，都由你来管。

来喜怅然若失，她无法相信眼前的一切是真的，于是也就忘记了吃面条。来喜低头想了很久说，给我三天时间，你让我想想清爽。

来喜后来记起，那天自己说出这些话的时候，一双眼睛是湿的。

9

按照宝山的吩咐，炳坤接下去就是找人。找张静秋的老公，找那个礼拜三夜里过来的男人。炳坤先去了一趟上海市卫生局的市立临时戒毒所，张静秋是那里的护士。

从护士长的嘴里，炳坤了解到了张静秋和部队的关系。她是江苏靖江人，曾经在国民党七十二军骑兵团的战地医院当过护理员，后来离开部队来到上海。在医院卫生队的时候，她好像和一名伤员关系不错，有那种谈恋爱的迹象，后来回上海就没联系了。

认识她老公吗？炳坤问。

怎么，她还有老公？

于是，炳坤又向一个副所长了解情况，在一个不怎么通风的办公室，这家伙一开始就支支吾吾，很快变成满头大汗。炳坤就干脆问他，每个礼拜三的夜晚，你一般在哪里？副所长突然打了个嗝，眼睛一愣，躺在椅子上涕泪交加。护士长赶紧打住，请求炳坤能不能别问了，他这是烟瘾又犯了。炳坤于是知道，这家伙自己也是三天两头偷偷跑去"燕子窝"，捧着个烟枪，没有两三个钟头满足不了瘾头。而平常在戒毒所里，他最看不惯的就是花蝴蝶一样的张静秋，好几次在会上当面骂她，建议所长把她给辞了。

炳坤离开前说，按照烟毒查缉处《治罪条例》，我该把他扣了。

宝山听完炳坤的介绍，把一直塞在口袋里的那粒子弹头拿了出来，他有一种直觉，弹头和那个骑兵团的伤员多少有点关系。他问炳坤七十二军现在在哪里。炳坤却说，天晓得还有没有这支部队，可能连番号都没了。

炳坤自己就是从部队里撤下来的，他原本是通信连的，负责给连队养马养信鸽。但他觉得部队里不能再待了，必须早点回上海，免得以后在战场上死无全尸。所以他找了个理由，七拐八拐，也不知道通过什么关系，是不是还送了钱，反正最后就来到了局里。

宝山记得自己娶来喜的第二天，请一帮同事在福州路上离警察局不远的老半斋吃夜宵。清蒸刀鱼上来的时候，周正龙把炳坤带了进来。炳坤皮肤有点黑，嘴唇蛮厚，围了一条不伦不类的旧围巾。周正龙说，介绍一下，处里新来的同事，姓赵，赵炳坤，以后你来带他。炳坤不说话，只是对宝山点了一下头，犹豫着是否该坐下。宝山说，看来你小子话不多，口福倒是不错，可能以后办案子时运气也不错。淮扬风味的蟹粉狮子头，你先来一个。

炳坤还是很拘谨。酒喝到一半时，抽出几张钞票，本来是要给八百，后来又加了两张，说是给宝山吃喜酒的礼金。宝山说，你就算了，你连新娘子都没见过。但是炳坤还是把钞票推过来，虽然没有说话，样子却很执着。宝山于是就收下了，说改天去家里坐坐。我和你嫂子也养了一群鸽子。

炳坤说，应该叫师母。他后来给宝山打包了一碗水饺，说带回去给师母吃。宝山于是想起了家里的来喜，觉得心里很踏实。

寻找张静秋的老公就没那么容易了，炳坤花了一个多礼拜的时间，最终还是没有进展。

上海市警察局一共有三十一个分局，除了水上分局，炳坤一个个按路线列好，准备都去打听一遍。他买了一包香烟，觉得去那些分局时，如果及时递上一根烟，那些警员可能就会静下心来帮他想想。那天车子开到新城分局门口，炳坤突然有点犹豫，当年离开上海去部队养鸽子之前，他的户口就是在这个辖区。虽然那时候档案上的名字是叫赵杨冰，但他还是担心会碰见熟人。

果然，这时候有人把他叫住，看了一眼他领章上的一排警号说，7497，我认得你。

炳坤把车窗摇下，觉得对方也不像是个警察，就说，你认错人了。

不会，我昨天在邑庙分局见过你。你拿了静安局的档案，在找人。

炳坤这才知道，对方是过来送米的一家米行老板，之前是警员，后来不知怎么的，自己出去开店。现在很多分局食堂的米，都是他送的。

炳坤于是跟他聊了起来，并且给他看张静秋老公的照片。

老板说，看在你是跟着陈宝山做事的份上，我带你去个地方。

这天差不多同样的时间里，宝山从周正龙那里得知，他之前从张静秋皮箱里发现的那根头发，不是张静秋的。宝山想，这又能说明什么？

周正龙泡了茶，从一只纸袋里倒出一堆香榧说，北平现在很紧张，据说林彪的部队提前结束修整，可能是要准备入关。还说蒋总统让傅作义率山海关和张家口一带的兵力南撤，以加强长江防线，但是傅作义却有自己的想法。

一个大活人，谁还会没有自己的想法？宝山接着说，我对上海的意见更大，现在米价涨到了每石一亿多元，金圆券还不如草纸。

俞局长可能要退位，周正龙正色说，我们到时候不知道何去何从。

宝山不免有点惆怅，心底里，他还是很敬重俞叔平局长的。但他嘴上却说，下一任局长会不会还是你老乡？要么就是你自己。

俞叔平是全国第一个警察学博士，去奥地利维也纳大学留过两次学，抗战时期回国，军统局局长戴笠先邀请他去当了重庆中央警校的教官。他写了好多本刑事侦查方面的书，这年夏天还送过宝山一把枪，是比利时的花口勃朗宁。枪的编号特意选了一把跟宝山的警号一致的：0093。那次，俞叔平带着很浓的诸暨乡音赞扬宝山，说，你是刑侦处的一块牌子，破案子我主要还是靠你。但是宝山没跟俞局长讲过，妻子来喜也是诸暨人，她老家是王家井的。宝山觉得这种事情没必要提，因为自己也没想着在局里当个不大不小的官。

周正龙感叹说，其实当官和当警察的道理是一样的，需要有人带。就说军统局吧，戴笠坠机后，现在保密局接替他位置的是之前提携起来的毛人凤，浙西江山县城的老乡，早年还是当地什么小学的同学。听人讲，戴笠被人欺负，毛人凤二话不说就上去帮他。现在你看看，就连毛人凤的弟弟毛万里，也当上了保密局浙江站的站长，少将。

宝山就笑了，说，我晓得你也是有人带的。但老实讲，其实你不适合当官。

为什么这么讲？

你心软。宝山说，心软的人手也软。

周正龙愣了一下，觉得宝山说得没错，自己确实只像个读书人，官场那一套不是很擅长。但他还是想了想说，其实我有其他人带的，以后再同你讲。

你不用跟我讲，宝山说，讲了我也记不住。

这时候，炳坤的电话打了进来，周正龙接起了电话。话筒里传出炳坤的声音，他说张静秋的老公找到了。

10

龙江路上污水横流,什么垃圾都有,包括死老鼠。宝山踮起脚尖,捏着鼻子,边走边听炳坤跟他说,郝运来搬到这里一年多,现在欠了三个月的房租。

房租还没补上,说明他手头没钞票。

宝山话刚说完,就被一个行色匆匆的男人撞了一下,立刻闻到他一身的汗臭味,跟咸鱼一样。炳坤正要发火,那人却一见他警服,马上转了个身,慌不择路地奔跑了回去。宝山只听见哐的一声,临时房那扇摇晃的门板,已经被里头的司必灵锁给锁上。

炳坤冲上去对着门板踢了一脚,说,郝运来,你给我死出来!

里头安静了一阵,过了一歇才吼出声道,我哪里有时间?等我有空了再讲。声音比炳坤还响。

宝山看了一眼四处漏风的门板,担心要是再补上一脚,整个木板房子可能就塌了。他把手插进风衣口袋,摸着那枚子弹头，干脆走远了说，聊天又花不了你多少时间的，赌场没这么早关门。

郝运来是个十足的赌鬼，混迹在大大小小的赌场。炳坤说他每趟输钱后，都会嫌龙江路太远，随便找个地方躺一下，从来也不会挑剔。炳坤就是在米行老板的指引下，找到一家赌馆开始打听郝运来的踪迹的。

宝山接着说，运来先生，我晓得你很忙的，但你起码得跟我讲讲张静秋。

讲什么？讲她男人？她心里就想着那个混蛋。她巴不得死在床上，现在倒好，如她所愿了，但是跟我有屁个关系！屋里传来郝运来声嘶力竭的声音。

继续讲，我在外面听着。宝山掏了掏耳朵。

我讲要同她离婚，她答应了。本来讲好的价钱，讲来讲去被她扣掉了一截。可是就这样她还耍赖，到现在还欠了我三成。你说这样的女人，守不守信用？

宝山望向院门外的一条狗。它犹豫着在墙角撒出一泡不是很急的尿，撒完了又心事重重地把目光移过来，盯着宝山看。

我手上有她欠条的，白纸黑字。骗你我是狗，欠条就押在好莱坞棋牌馆。

宝山又去掏耳朵，觉得天气有点反常，会不会又要下雨。

你们帮我把她那台钢琴给卖了，那破东西就是一堆柴火，棺材都比它值钱。

听你的，宝山很认真地说，就算是劈了它当柴火卖，剩下的钢丝也会给你留着。

说完，宝山一把推开门板，直接站到了郝运来面前。宝山早就看出，司必灵锁其实已经被炳坤给踢坏，搭进扣子的铜头锁舌只剩那么一小截。

郝运来坐在黑漆漆的墙角，见到宝山时不禁流出一行泪。宝山说，实话同你讲，张静秋你根本配不上，所以你不用哭得那样死皮赖脸的。

这时候，天空果然下雨了，宝山见到那条脏兮兮的瘦狗低头走了进来，整个过程静悄悄的，一点声音都没有。跟丁医生一样，郝运来也没见过张静秋私底下会的那个男人。他以前只是发现，张静秋隔三岔五瞒着他去电话亭里打电话，一打就是半个多钟头。每次打完电话回来，张静秋都不让郝运来碰她，像要躲开一个漏电的插头。

后来两个人就分了，张静秋一个人住在赫德路。

宝山没有将郝运来带回局里，这让周正龙很不理解。周正龙还是觉得，暂时不能排除郝运来的作案嫌疑。宝山却一下躺倒在周正龙办公室的沙发上，说，你就是借他一百个胆他也不敢。他那双手瘦得跟鸡爪一样。

你是去破案还是去看相？周正龙说。

他要是真杀了人，就不会兔子一样躲进那间破屋子。那又不是碉堡，那简直就是纸糊的。

炳坤就是在这时回来了。他去了一趟好莱坞棋牌馆，那边有好多人做证，案发时，郝运来赌得眼珠子都快要爆开了，像一只癞蛤蟆一样直接爬上五米宽的桌板说，我押大。

那天，周正龙的办公室里，一直都很安静，大家都不说话。后来，周正龙看了一眼炳坤带回来的张静秋的欠条，觉得这人一笔字写得不错，抬头向沙发望去时，宝山却已经睡着了。于是，办公室再次陷入了无边的寂静。

11

三天后的平安夜，突然发生一件事情，周兰扣不想活了。

那天周兰扣吞下很多药片，她就跟电影里演的一样，躺在地板上一阵阵抽搐，嘴里吐出许多生动的泡泡。是童小桥打电话通知正在处里值班的宝山的。那天处里的车都开出去了，宝山只好飞奔着冲向周兰扣在外面租的房间，把门撞开，一把抱起周兰扣。抬腿冲向医院时，宝山听见她迷迷糊糊地说，唐仲泰你就是个骗子。

平安夜的南京路上人潮汹涌，热闹得不行。宝山抱着奄奄一息的周兰扣，边跑边叫喊，让开，让开。

这一年，留在上海的洋人已经不多，替他们节日感动的，是许多看上去满脸幸福的华人。宝山差点被他们绊倒，一个趔趄撞向电线杆，头上隆起了一个大包。他随即朝马路方向使劲挥手，可是那么多车却没有一辆愿意停下。宝山于是冲去轨道中间，直接拦下一部叮叮当当的电车。上车时，裤管又被钩破了。他在车厢里扇了周兰扣一个巴掌，声嘶力竭地警告她，要是敢把眼睛给闭上，信不信我将你的衣服当众扒光。

吐着白沫的周兰扣看见摇晃着霓虹灯的街景，以及面容模糊的宝山。她还听见宝山的喘息声跟火车一样。但是她一句话也说不出来，她觉得连眨一下眼睛的力气，都被一股强大的力量给吸走了。

周兰扣最终没有死成。被推进病房时，她对宝山软绵绵地说，我跟唐仲泰的事情，你是不是早就知道了？

宝山说，我什么都不想知道。我闭上眼睛就是个瞎子。

这时候，童小桥十分安静地走了进来，高跟鞋的脚步声在空旷的走廊传出去很远。她走进病房，将一网袋香蕉搁在床头柜上，目光跟静止的水一样，说，唐仲泰不肯娶你，是因为他爱你不够深。

周兰扣顿时很迷惑，感觉站在眼前的童小桥一下子变得很高深。她想了很久说，那他爱你爱得深吗？

也不深。童小桥想了想，补了一句，他只爱他自己。

说完，童小桥突然觉得很累，累到简直就要虚脱，好像那双腿脚是临时从哪里借来的，已经撑不住自己的身子。她什么也不想再说，转身离去时，只感觉一双眼睛很痛，可能是被病房的药水味给刺到了。

童小桥走了以后，宝山又在周兰扣身边陪护了很久。天已经亮堂了，宝山离开了医院，吃着早餐摊上的葱油饼，一个人走在回家的路上。街上已经很冷清，整条马路像是特意为他单独准备的。他被电车钩破的裤子迎风飘荡，像一面破败的旗。也许是因为疲倦，或者是因为黄浦江的晨雾，他感觉视线中一片模糊，好像自己已经老花了。

来喜第二天做好了从昆山带回来的螃蟹，宝山买了镇江陈醋和糖炒栗子，一起给病房里的周兰扣送去。这回，唐仲泰靠在宝山之前租来的陪护椅上，捧着一本《啼笑因缘》看得很入迷。周兰扣在边上修指甲，在宝山进来之前，她已经把所有的脚趾都修好，接下去要修的是左手的无名指和小指。她低着头说，修指甲一定要很当心，宝山你别打扰我，我现在没时间同你说话。

宝山就小心翼翼地将那些螃蟹和栗子给放下，然后想等等看，唐仲泰什么时候会把书给盖上。

唐仲泰终于合上了书，说，我该怎么谢你？要不咱俩喝一壶?

酒席就在病房里直接摆开。唐仲泰去楼下小东阳菜馆叫了萝卜炖羊肉的砂锅,还称了一斤油爆花生米,买了两瓶海半仙的同山高粱烧。最后揭开砂锅盖子时,他盯着那两只全身金黄的螃蟹说,其实周兰扣不喜欢吃蟹的,因为嫌剥蟹脚麻烦。

宝山说,你小子惹下的麻烦比剥蟹脚的麻烦大得多了。

两个人后来都有些喝多了。唐仲泰将宝山送到医院门口时,突然大着舌头说,周兰扣你养不起的,她这样的人,需要很多钞票。

宝山站在原地,抡起拳头猛地砸了过去,砸在唐仲泰的脸上,让他吐出一团血。

唐仲泰没有还手,摇晃着身子说,打得好,要不要再来一下?

宝山就拔出手枪,一把顶在他脑门上,说,你小子不要得了便宜还卖乖,信不信我毙了你。

唐仲泰却很没有理由地笑了,说,你要是开了枪,你还真就不是一个好警察了。

一阵风吹来,让宝山觉得反胃,他扶着一棵树吐了很久，觉得头很痛。等他吐完的时候，发现唐仲泰已经不见了，身边只剩下各个方向吹来的风。

这天夜里，来喜将一块热毛巾敷在宝山的额头上。宝山眯着一双眼，在那阵扑面而来的热气里，迷迷糊糊地想起了父亲陈嘉定以及祖父陈静安。宝山一家三代的警察史最早起源于光绪二十三年，祖父陈静安在南市马路工程善后局的巡捕房里当差。十年后新成立的上海警察总局中，陈静安是华捕分队的队长。时间到了民国十六年，陈家第二代陈嘉定又成了当时上海特别市公安局的红人，那时的局长是沈毓麟。但是陈嘉定遭遇不测，结果他在局里的拜把兄弟张三立接手了他的职务。和张三立的儿子张仁贵同年，宝山那年十五岁，亲眼看见父亲陈嘉定被张三立带领的一帮警员从苏州河里打捞了起来。父亲喝足了水，整个人膨胀得和摆在路边摊上的西瓜一样。

那次，陈嘉定是对自己的水性太过于自信了。春天里苏州河涨潮，他去救一个不慎落水的圣约翰大学女生时，想都没想就跟一条鱼一般跃进了水里，唯独忘记了脱掉警靴。那双警靴的鞋带扎得特别紧，涌进水以后又在脚脖子处卡住了，这让下水的陈嘉定很后悔，任凭他怎么用力也无法将靴子蹬踢下来。最后他像浸透了水的包袱，被那双冤魂一样的警靴给硬生生地拽进了苏州河的河底。

后来陈嘉定的同事张三立收养了宝山,在他这幢苏州河边的房子里,宝山跟张三立的儿子张仁贵,也成了结拜兄弟一样的一对少年。宝山记得,那几年只要到了夏天,张仁贵就会整天泡在苏州河里,泡得背上脱下一层层的皮。张仁贵在水中游得比船还快,然后四仰八叉地躺在岸上,把自己晒成一条黑不溜秋的鱼。但是宝山没有机会下水,他一直被干娘绑在家里。干娘搓了一根稻草绳,将宝山捆扎起来的时候,挥舞着手里的戒尺,指向地上宝山父亲陈嘉定留下的那双警靴说,你要是敢下水,我现在就剁了你的一双脚。

所以,这么多年很少有人知道,从小在苏州河边长大的刑侦处警察陈宝山,至今不会游泳,是因为当年的河水曾经埋葬了他的父亲。

宝山取下额头上的毛巾,和来喜一起去屋顶平台上看鸽子。他们喜欢在漫长的夜里坐在鸽子笼旁边,打着平台上的一盏灯,看它们一眼,然后看摇曳在苏州河那些船舱里的灯火。河水在夜里流得很慢,宝山有时会想,它们从四面八方一路跋涉赶来,可能也是为了看一眼第二天的上海。

宝山的鸽子是来喜和他结婚时带过来的，总共有十来只。那次宝山看着笼子里沉默不响的鸽子，以及穿了红旗袍的来喜，笑呵呵地对她说，你一下子带来了这么多的嫁妆，还好我这屋子宽敞。

来喜自己都记不清已经养了多少年鸽子，总之那就像她生下来的一群孩子。鸽子大多是"云南雨点"，毛色有很多种，白色、灰色、绿色，也有绛色的。它们身上布满斑杂的花纹，一点一点的，像是刚刚下了一场雨，把它们的翅膀给淋湿了。

来喜平常喜欢跟鸽子说说话，提醒它们吃相要斯文一点，不要跟没见过世面一样，争抢起来很难看的。来喜说，不用担心，宝山带回来的饲料还有，够你们吃的。她还会教育鸽子，飞去外头的时候，要早一点回家吃饭，路上千万不能耽搁。她这话其实是说给另外两只灰鸽子听的，宝山给它们取了不同的名字，一只叫佛山，一只叫东莞。

跟"云南雨点"不同，佛山和东莞是纯种的"李梅龄鸽"。来喜把它们喂饱后抱出笼子，佛山和东莞就拍拍翅膀，一路飞向来喜之前带它们去过的玉佛寺找水喝。但是曾经有两次，佛山和东莞飞了一半路就落下，直接去苏州河里解渴，这让来喜很不开心。来喜敲敲它们的脑袋，说，以后记住了，河里的水不干净，吃了会拉肚子。

佛山和东莞就点点头，咕咕叫唤了两声，好像一副已经听懂的样子。

宝山第二天醒来，觉得头已经不那么痛。他走去苏州河边，看见来喜坐在船头，和一个船夫在说话。宝山站在边上等，看远处乌镇桥的桥洞，也想起附近唐家弄里的徐园又一村。据说在他爷爷那辈的时候，又一村茶楼是全上海最早的电影院。许多年前，张仁贵还没出远门的时候，宝山竟然和他在那里捡到过一张徒手画成的黑白电影海报，那个电影好像是叫《马房失火》。

来喜和船夫说完话，回头看见宝山时吃了一惊。她说船夫是她远房表兄弟，刚从诸暨姚公埠过来。宝山就对表兄弟笑了笑，让他去家里坐，中午叫来喜添两个菜。

表兄弟急忙推辞。他给来喜递上一篮诸暨年糕，对宝山说，下次。

炳坤就是在这时候开车过来的。他把车子在岸边停下，仍然没有熄火，走到宝山跟前说，又有一桩命案发生了。说完他转头看了来喜一眼，说，师母。

宝山顿时觉得，整条苏州河突然流淌得很急。

12

命案发生在一间理发店。炳坤一脚踏进去时，满地的碎头发差点让他滑了一跤，他觉得地上像是铺了一地的松针。阳光稀薄得有点清汤寡水，缥缈摇晃地照在墙上那面半身镜上，宝山在光线里看见很多飘飞的灰尘。

死者仰躺在理发椅上，面部表情有点倔强。他的脖子上嵌着一把刮胡刀，刀柄朝着左手方向。跟张静秋一样，他被切开来的皮肉不情愿地翻开，像两片张开的嘴唇。

宝山瘦长的身影一直在飘飞的灰尘里站着，在炳坤眼里仿佛一张不太真切的照片。在理发师不怎么连贯的叙述里，宝山的头稍微动了一下，迎面望向那缕从窗口打进来的阳光，觉得这个上午隐隐有点虚幻。他的半边脸在阳光下瞬间显得白净起来。

死者是早上8点左右过来剪头发的。可能是睡眠不好，等到头发修剪完，理发师在剃刀布上擦拭了几回刀片，就要给他免费刮一次胡子时，他却在不经意间打起了细小的呼噜。理发师不忍心打扰他，就提起篮子先去弄堂口买菜。他挑了一把青菜，又买了两块豆腐，准备中午在煤炉上烧个青菜炖豆腐，然后再加几片大蒜。他拎上菜篮子，踩着冬日的阳光不紧不慢地回来。就要走到门口时，他愣了一下，发现那片湿润的泥地上，有两股血像两根肥胖的蚯蚓一样，从青石门槛下的缝隙里，小心翼翼地蠕动着爬了出来。

宝山久久地盯着死者那道伤口，仿佛在看着另外一个世界。他认为，如果不是因为贪睡，看上去比较强壮的死者不会那么容易被割喉。但是等凶手提起刮胡刀一把切进时，他已经来不及挽救自己了，而且越是挣扎，血就喷出得越多。宝山想，他几乎是死在了梦醒时分。

炳坤戴上手套，很小心地拔出嵌在死者脖子上的那把刮胡刀，看见那道伤口非常缓慢地黏合到一起，然后又十分安静地收缩下去。炳坤还带走了伤口附近的一团烟灰，这让他再次想起了不久前死去的张静秋。

人群中后来有人向炳坤反映，死者就住在附近的顺庆里15弄。有一个卖早点的师父说得更加详细，说他名叫郑金权，是个懒汉，也是个光棍，平常不太爱出门。郑金权每天的早餐，是他店里的两个肉包子，再加一碗添了葱花的咸豆浆。

和炳坤去郑金权家的路上，宝山有一种奇怪的感觉，好像有双眼睛就藏在街道旁，很长时间细细地看着他。他回头扫视了一圈，见到的却全是目光空洞的街坊，而且也没有人低头转身。宝山相信，这个清晨，毫无防备的郑金权其实早已被凶手给盯上。就在眼前这条街道，凶手也许一路在跟踪他，直到他的背影消失在理发店门口。

宝山想，这起凶案蓄谋已久。

郑金权的衣柜里有一件很旧的军队制式衬衣。宝山抽出来看了一下，发现部队的番号已经被洗烂了。他决定带走这件衬衣。

在15弄的弄堂口，一个收租婆静坐在阳光的阴影里，满脸的皱褶子。炳坤抱着一堆郑金权的物品从她身边走过时，她把一团烟丝使劲摁进烟锅，看都没看后面拎着衬衣的宝山一眼，很不屑地说，一个逃兵，能有什么值钱的东西。

宝山停下，说，他可能是个排长。

收租婆冷笑了一声，说，那也是光屁股的排长。然后她抽出火柴在扎了发髻的头皮上划了一下，用那团火苗将烟锅里的烟丝点燃，又说，我昨天做了一个梦，梦见上海要变天了。

　　宝山就问她，那你有没有梦见其他的？

　　无可奉告。收租婆说完，喷出一口浓烟。

13

唐仲泰依旧很忙，忙到一两个礼拜见不着人影。宝山去唐公馆的那天，童小桥在客厅里说着说着就不屑地笑了，她说，唐仲泰会不会是上天了，他喜欢过洋节，那天上或许每天都是平安夜。

那天，因为老金不在，童小桥就亲自烧了一锅阳春面。她显然没怎么下过厨，在给面条放酱油的时候，一个人手忙脚乱，抓在手里的酱油瓶来回倾斜了好几次依旧没有倒出一滴。宝山在不远处的一张椅子上四平八稳地坐着，微笑地看着她。最后她鼓起勇气，决定重新来一回，宝山于是只听见咕咚一声，那碗面条就即刻被酱油浓墨重彩地覆盖住。

童小桥被自己吓到了，她回头看一眼宝山，说，这样会不会太浪费？宝山笑呵呵地说，反正你洒下去的又不是金子。宝山这样说着，站起身，走到了童小桥的身边，说，我来。

他自己动手，给童小桥煎了两个荷包蛋。童小桥轻轻咬了一口，发现外面一层很酥脆，里头的蛋黄却像蜂蜜那样涌出来。她看了宝山一眼，什么都没说，只是笑了笑。风很轻地从他们身边走过，在这样的静止中，他们觉得有些微妙的愉悦，在空气里荡漾。宝山一个人吃那碗面条，吃得很快，好像要让童小桥知道，味道还不错。不过那些汤实在太咸，他没敢再喝。于是他把那只晃荡着汤水的面碗，慢慢地推到了桌子的中间。

你别当警察了，童小桥说，济南市警察局已经收编了好多旧警察，同时也抓了很多人。

宝山之前也陆陆续续听到些消息，知道解放军进驻济南后，之前的警察局局长刘钦礼偷偷给自己买了一辆牛车，一夜之间和牛车一起消失了。

我一点也不担心，上海哪朝哪代少过警察了？解放军要是过来，天下要是归共产党了，照样还要查案子。要查案子，他们就用得着我。

你就这么肯定？童小桥说着，走过去把留声机给打开。她选的唱片还是筱丹桂的《玉蜻蜓·劝夫》。

宝山静静地听着，听了一半突然说，你离开他，可以去香港，要不你就回老家。

童小桥好像没听见，过了一阵才说，有些事体你别管，你管好你的来喜。

童小桥说，一辈子太短了，人就那么回事，连筱丹桂都在去年被他男人张春帆给活活气死了，那我又有什么事情值得不开心？童小桥还说，筱丹桂临死前喝下邻居泡脚用的来沙尔药水，车夫送去仁济医院抢救的途中，黄包车的链条又断了。

这都是命。童小桥划亮一根火柴，捧在手里接着说，女人也像一根链条，踩得太急就断了，断了就没命了。人家挖一些土，随便就把你给埋了，第二年春天就长满青草。你就像没有来过这人间一样。见宝山没有响，沉默了一会儿，童小桥于是接着又说，不讲这些扫兴的，你还是同我讲讲破案的事情吧。那些东西是可以在报馆连载的。

宝山就讲了很多，中间看见童小桥偶尔对着火柴点燃一根烟。她也不去抽，只是侧着身子，用两根手指夹着烟，让那些烟雾很随意地升腾，在客厅里飘来飘去。

那天，宝山讲得很晚，有一搭没一搭，慢条斯理，仿佛要把所有的时光都给消磨完。唐仲泰也一直没有回来，仿佛他并不需要回来。童小桥后来弹奏起琵琶，弹得很慢，在那阵若有若无的声音里，宝山睡着了。而琴声没有停，童小桥拨弄琴弦的时候，她的目光就有些呆。

要回去的时候，童小桥替宝山竖起风衣领子。两个人靠得那么近，宝山闻见她头发里的香味，在夜色里很安静。童小桥的手停止在宝山的风衣领子上，很长时间没有动静，她只是低垂着眼帘。终于，宝山打破了沉默，说，听我的没错，去香港吧，看样子上海就快要开打了。

童小桥的手慢慢从风衣领子上收了回来，说，回去吧。

那时，老金刚好走到大门口。在那片清凉的月光里，他停下，站在门外远远地张望着，如同张望一局别人在下的棋。老金后来开车送宝山回家。一路上，他还是没怎么说话。宝山把车窗摇下，让风稍微吹进来一点，吹起他和老金的头发。他望着老金说，一年又要过去了，你的头发好像也越来越少了。老金不开心地回了他一句，办你的案子，别什么事情都瞎操心。

14

炳坤记得，1949年的元旦来得很快，那天，他在《中央日报》的头版看到了蒋总统发布的一则新年文告，称"和战关键系于共党"。而与此同时，《人民日报》的新年献词标题则是"将革命进行到底"。这些报纸上的文字，语气平静，但是这文字的背后，全是轰隆隆的炮声。这天傍晚，炳坤开车离开警察局，在郊外沪杭铁路一段寂静的铁轨旁，他和一个陌生人见了次面。

陌生人戴着一副墨镜，从一列火车经过后渐渐消散的浓烟中走出。他手上拿了一份当天的《中央日报》，总共折了四折，并且在报眼处用红笔写了个"坤"字。

炳坤在铁轨上坐下，感觉特别凉。他看了一眼对方，从他那两片墨镜镜片上，可以看见远处铁路信号灯的影子，像两只细小的萤火虫。

你的代号叫藿香。炳坤说。

你怎么不穿警服？对方问。

穿不穿都一样，告诉你我的警号就行。7497。

炳坤和藿香的第一次见面，就这样接上了头，藿香是中共上海地下市委派来的联络员。炳坤加入中国共产党已经很多年了，那段鲜为人知的历史，一直可以追溯到他那次奉命离开上海，前往国民党军入职之前。可是炳坤的上线后来牺牲了，所以有很长一段时间，他几乎成了一只断线的风筝。直到上级将他再次唤醒，然后又安排他回上海。

藿香这天告诉炳坤，组织已经收到他送往玉佛寺的情报，关于一百多名警察局职员的年龄、职务信息以及家庭住址、身份背景等，都很有价值。现在上海市委已经决定，将炳坤的组织关系正式转入中共上海警察工作委员会，也就是上海警委。

当炳坤回头望过去时，看到远处的上海城，天空中绽放出一朵烟火，毕竟是又一个新年。

我以后跟组织怎么联络？炳坤说。

你可以去迪化路93号。

藿香说完，一列南下火车的灯柱已经远远地射来，将两人笼罩在巨大的光圈中。火车气势汹汹地鸣叫了一声，发出巨大的声音。于是，两个人隔着那段铁轨，各自退到了路基石外面。可是等到所有的车厢离去，咔嚓咔嚓的铁轨震荡声在静谧的夜空中飘远，霍香已经不见了。炳坤后来觉得，在那个飘荡着火车烟尘和烧煤蒸汽机味道的夜晚，霍香仿佛根本就没有出现过。

令宝山奇怪的是，周正龙最近已经一连好几天没有找他，好像他已经把人命案的事情给遗忘了。直到有一天下午，周正龙把他叫去了凯司令咖啡馆，跟他们一起过去的还有炳坤。

周正龙把菜单扔过来，说，你们自己点。他还让服务生取来他存在这里的几瓶法国朗姆酒。

宝山上一次来凯司令喝咖啡是同周兰扣一起，两个人坐在她喜欢的一个靠窗的位子。那次周兰扣在窗玻璃上哈出一口气，随意在雾气弥漫的玻璃上涂画了一下，然后用手盖上说，宝山你猜猜看，我写了个什么字。宝山说，是周兰扣的周？上海的海？要不就是纽扣的扣。周兰扣却一直摇头，把脖子都摇痛了，最后她把手松开说，你真笨，是元宝的宝。

宝山就盯着那个"宝"字看，发现它因为被周兰扣的手掌捂得太久，字体四周已经在往下滴水。宝山说，元宝的宝是不是伤心了？他在掉眼泪。周兰扣说，你乱讲，他只是因为没打伞，被雨淋湿了。然后她就朝柜台喊了一声，两杯白兰地！

宝山望着那个座位发了一会儿呆，周兰扣的笑脸就在座位上隐隐现现的，这让宝山觉得，每天的生活显得那样的不真实，仿佛就是生活在一场梦中。这天，宝山给自己叫了一份牛腱子肉，还有一盅萝卜排骨汤。酒喝到一半，他看见周正龙放下吃牛排的刀叉，用餐布擦了擦嘴，好像要开始说一件很重要的事情。宝山就想，原来法国朗姆酒不是那么容易喝到的。

实话同你们讲，周正龙清了清嗓子，盯着宝山说，我其实是保密局的。又看了一眼埋着头的炳坤，说，我今天想发展你们两个。

宝山这才想起，周正龙曾经提过，他其实是有另外的人带的。那么这个另外的人，看来就是保密局。不过宝山觉得这件事情一点也不新鲜，因为据他所知，警察局里有不少人是毛人凤的亲信。而且早在戴笠时期，局里的政治处调查科就差不多清一色是军统，也就是现在保密局的前身，这几乎是公开的秘密。

周正龙摘下新配的那副吴良材近视眼镜，轻轻擦了擦。他让目光透过提起的镜片，又说，现在警察局里共产党至少有几十个，闹得很凶。所以，你们就跟着我一起干吧。

炳坤在心底里愣了一下，感觉周围的空气分量有点重。他刚才一直听着，也知道此时周正龙正透过镜片不动声色地看着他。他想了想，还是把目光抬起，望向周正龙时不知所措地笑了笑。

宝山也是一声不吭。他正看着窗外的一对恋人，看见他们各自骑了一辆脚踏车，骑得非常慢，仿佛在等候一种名叫爱情的东西把他们给追上。这时候，周正龙把服务生给叫来，说咖啡厅里很闷，为什么不来点音乐？宝山于是忍不住笑了，他说，你要是觉得闷，完全可以把窗子打开，街上那些人又听不见你刚才说了什么。

留声机里最终播出的是一首陈歌辛的《苏州河边》，姚敏和姚莉兄妹两个一起合唱的。宝山仔细去听那些缠绵的歌词，觉得听起来比童小桥家的越剧要清楚多了。

　　　　星星在笑　风儿在妒

　　　　轻轻吹起我的衣角

　　　　我们走着迷失了方向

尽在岸堤　河边彷徨

不知是世界离弃我们

还是我们把它遗忘

夜留下一片寂寞

世上只有我们两个

我望着你　你望着我

千言万语变作沉默

……

后来周正龙还说，警察局里有个代号叫猫头鹰的共党，毛人凤查了很久也没有头绪。等他说完，炳坤有点茫然地看了一眼宝山。宝山就对他说，看我干吗？我脸上是画了一只猫头鹰吗？

痛快点，要不要一起干？周正龙皱了一下眉头说，保密局！

我只会查案。宝山回答得心不在焉，我就适合当警察。

查案当警察没有前途，顶多说你是个神探。

我和来喜一起过老百姓的日脚，就不需要什么前途。

周正龙显得有点失望，随即示意服务生把留声机给关了，说，恨铁不成钢。

你们不用费力气了，天下一定是共产党的。宝山又接着说，国民党烂透了，千疮百孔，连警察局都贪腐成群。他指着那瓶法国朗姆酒问周正龙，你从局里贪污了多少金条？你一个月的工资抵得上几瓶这样的酒？

周正龙脸上有点挂不住，他说，何必一本正经装清高，你不也往家里带警察局的东西？警鸽房的那些饲料，你以为我没看见？

宝山愣了一下，差点笑出声来。不过他觉得周正龙说得也对，来喜给佛山和东莞它们喂的饲料，的确是他从警局十楼平台上拿回去的。所以他说，那你从我下个月的工资里扣。

炳坤急忙说，你们两个这样较劲就没意思了。

15

这一年除夕的前两天，周兰扣突然过来寻宝山，说，你陪我走一歇。两个人沿着苏州河的堤岸来回地走，一直走到了半夜，最后走到了外白渡桥上。周兰扣背对着宝山，望着外白渡桥的钢架桥梁说，我想跟你一起过夜，我在华懋饭店开了房。

宝山感觉很突然，听见桥梁上有一团很扎实的雪掉落进河里。他想，怪不得周兰扣刚才跟他说，华懋饭店四到九层有好多个国家的装修风格，而她最喜欢的是里头印度风味的那种。

宝山把周兰扣的大衣给披好，还替她抹去了夜里雾气凝结成的水珠。他说，回去吧。

周兰扣愣了一下，很久以后才说，为什么不去？我不好吗？

没有什么为什么。宝山说，你很好。

周兰扣没有转身，一直望着眼前的河水，好像心里特别冷。最后她说，唐仲泰不会娶我的，我已经够对得起他了。

两天后，1月28日，正好是除夕，周兰扣和唐仲泰遭遇不测的消息就是在这天传来的。因为在夜间航行没有开灯，前一天下午6点从上海起航的"太平轮"号，在舟山群岛海域与满载着煤炭和木材的"建元轮"号相撞沉船。太平轮装载了六百吨钢条、一百多吨白报纸，以及中央银行的一大批金条和银圆。船上另外还有一千多名前往台湾的乘客，其中五百零八名有票的人员当中，就有周兰扣和唐仲泰两个。

宝山那天正在警察局值班，从收音机里听到这则消息，他一个人在办公室坐了很久，并且破天荒地抽了一根烟。他把窗打开，望向白雾茫茫的黄浦江方向，终于明白周兰扣那天让他一起去开房，其实是为了要同他告别。而那样一次不成行的告别，竟然就成了永别。这样想着的时候，宝山就听见遥远的汽笛以及黄浦江一阵一阵的潮声，潮声在漆黑的夜里由远而近地拍打过来，越来越响。

宝山后来去找了童小桥，那时，街上的爆竹声一浪盖过一浪，让他心惊肉跳。他踩着满地碎屑，在呛人的硫黄味中一脚踏进唐公馆时，看见童小桥正一个人孤零零地站在灯火通明的客厅里。她被一片灯光笼罩着，一动不动。而留声机里正在放着的是热闹非凡的西洋圆舞曲。

见到宝山的童小桥看上去很开心，还特意给自己打开了一瓶红酒。她的身子轻盈地旋转了一小圈，像八音盒里那种玲珑的小舞女。

宝山站着，仿佛一个初来乍到的客人，说，难道你不知道太平轮沉了吗？

知道，我高兴都还来不及。

说完，童小桥端着红酒杯在地板上又转了一圈，样子很优美。可是就在她想邀请宝山共舞一曲的时候，却一不小心脚底打滑，突然摔了一跤。红酒杯打碎了，眼前一片狼藉。童小桥终于流出一行泪，坐在地板上背对着宝山轻轻用手指头擦眼泪。等到转过头来时，她眼中含泪地面对着宝山笑了笑，说，唐仲泰是在寻死。他们两个今天来个平安夜，明天来个太平轮，每时每刻都在寻死。

院子外头这时又炸开一批爆竹，声音震天动地，仿佛要将唐公馆的屋顶给掀开。宝山觉得上海是在抽风，一直要抽到明年。在爆炸声中，童小桥抱起那把琵琶，像是抱着一个亲人。她没有心情去拨弦，只是从上到下抚摸着它们，然后说，你还是给我讲讲故事吧。

宝山这天没讲案子，案子最近没有进展。他主要是回忆他们一家三代人的警察往事，还有他少年时的兄弟，养父张三立的儿子张仁贵。那年，张仁贵把一个人给打死了，在上海南站爬上了一列火车，从此消失。民国二十六年，宝山穿上了警服。报到的那天，他在福州路185号的门前，把牛皮带扎在腰间，顶着正午的阳光，戴上他人生中的第一顶警帽，并且和养母一起拍了一张照片。拍完了照片，养母开心得掉出眼泪，她把眼泪擦去，还将宝山帽子警徽上那只飞翔的警鸽擦拭得异常清爽，让它金黄色的羽毛在宝山头顶闪闪发光。宝山那时就啪嗒一声，对着干娘敬了一个礼。然后说，礼毕！

　　你的那些警服呢？童小桥说。

　　我都让来喜存在衣柜里。

　　也没怎么见过你拿枪。

　　可是我心里有枪。俞叔平局长也送过我一把枪。

　　落地自鸣钟当的一声敲响，接着又连续地敲了十一响。两个人转头，看见自鸣钟里新的一年到了。这时候，童小桥的眼里又闪出了一些泪光，她说，谢谢你陪我过年，我以后都不会忘记。

　　宝山说，以后的日子还很长。

那天，来喜看着老金送宝山回家。宝山走进黑暗的院门，把身体靠在墙上。他觉得昏昏沉沉，脑子又开始很痛，像要炸开似的。来喜于是从院里出来，陪在他边上站了很长时间。宝山后来都没听到老金离开时发动汽车的声音。他对来喜说，唐仲泰和周兰扣出事了。

16

宝山终于查到了，郑金权是七十二军的逃兵，他和张静秋原来是一个部队的。之前两处现场的烟灰比对，也证明都是三炮台香烟。世上没有那么多凑巧，宝山认为这是连环案，他长时间地捏着那枚子弹头，又想不出其中究竟有什么样的关系。他去检查冰库里郑金权的尸体，这家伙运气特别好，当了那么多年兵，身上竟然没有枪伤。

炳坤带了郑金权的照片，去赫德路找丁医生，还去临时戒毒所又找了一次护士长，结果没有得到任何有用的线索。

那天，宝山去档案室查资料，他想看看有没有和七十二军相关的情况。走廊里，他碰到了炳坤。炳坤目光闪烁，说处长找他有事，听起来很急。宝山看着炳坤急匆匆上了电梯，电梯门合上时，他才发现平常人来人往的整个走廊上只剩下他自己，安静得跟死去了一般。档案室里也很是奇怪，很多材料被捆扎在一起，堆得跟山一样。宝山问，这是要干吗？管理员看了他一眼，目光讳莫如深，说，你知道就行了，昨天接到的命令，很多重要的档案要抓紧送去台湾。

怎么都要去台湾？宝山看着那堆材料，心想，台湾难道成了上海的亲戚？

但是宝山没有想到，此时离开警察局的炳坤，正要面临一个巨大的陷阱。

周正龙这天让炳坤去一趟水上分局，之前他给了炳坤一个文件袋，里头是关于配合保密局出海抓捕上海地下党的行动方案。炳坤的车开得很慢，好几次想靠边停下，把文件袋给拆开，这样的念头无数次冒出来，又被理智掐灭。处里那么多人，周正龙为何单单选择了他？万一把袋子拆开，周正龙会不会在里头做了手脚，收件人第一时间就能察觉？周正龙说，局里有个共党，代号叫猫头鹰，他是不是已经对自己有所怀疑？

炳坤看着车窗外不停后退的街道，似乎所有的面孔都是心怀叵测，各有使命。他知道，上海已经到了很关键的时刻，空气中到处都是一点就着的导火索。

那天，在约定地点，炳坤见到了早已等候着他的水上分局的一个警员。对方接过文件袋，仔细看了一眼封口，对炳坤面无表情地说，跟我来，有人要见你。

炳坤跟着他走了很长一段路，最终上了停泊在岸边的一条船。炳坤踩上船板，感觉脚底摇摇晃晃，眼里的水波也在不停地荡漾。

那天在船舱里等候炳坤的，竟然就是周正龙。

周正龙望着潮湿的甲板，手里拿了一本平装版的《王云五小字典》。他坐在一张狭窄的四方桌旁，声音似乎从水底下漂浮起来一般，说，文件里头写了什么？

炳坤想了想，说，不敢看。

周正龙笑了，看着那个原封未动的文件袋，说，你的确没有拆过。但他又抬手看了一下表，说，可是就在半个钟头前，有人在路边的电话亭往玉佛寺打了一个电话。而且那人在电话里只说了一句，最近有台风，不宜出海。

炳坤倒抽了一口冷气，极力压制心底的波澜。他虽然没有拆过封口，但确实给玉佛寺的交通站打了电话。有台风不宜出海，他想，这样的暗语已经足够提醒组织注意安全，及时防范保密局的抓捕。那么现在事实很明显，交通站不仅被周正龙给端了，而且里头的人员已经叛变。炳坤一直看着周正龙，他在心底里连数了三下，告诫自己要镇定，然后才咽了一口唾沫，开口说，我不懂处长在说什么。玉佛寺又是在哪里？

炳坤想，他们无法证明电话就是他打的。除了猫头鹰，周正龙之前说警局里还有至少几十个共党，那么他就可以利用这个条件，设法撇清自己和电话的关系。

你不懂是吧？周正龙按着桌板站起，说，但是你很快就会懂的。说完他打了个响指，即刻就有一名男子从另一个方向走进了船舱，船又晃荡了一下。男子提了个录音设备，他跟完成一套程序一样，按下机器按钮时，里头传出的正是炳坤的声音：最近有台风，不宜出海。

船舱里很安静，只有风经过水面的声音。炳坤知道一切已经无法挽回，但他奇怪的是，自己此刻反而更加平静了，就像一阵风在他身边突然停下。他看见周正龙把手伸进风衣口袋，里面应该有一把早已上膛的枪。所以他打消了跳水的念头，干脆坐下说，没想到你这么费尽心机。何必如此！早上就可以在办公室直接给我戴上手铐。

周正龙愣了一下，随即又笑了。他把文件袋打开，好让炳坤看清里头几张一个字也没有的白纸。炳坤有一种被掏空的感觉，这么长时间，自己一直低估了眼前这位高明的对手。他的喉结滚动了一下，咽了一下唾沫说，你赢了。

周正龙并没有显得很开心，只是上前按住炳坤的肩膀，而他从风衣口袋里掏出的，其实只有两枚炒香榧。他把香榧托在掌心上，想了想，选出其中一枚送到炳坤的手里，说，7497，刚才的表现不错。我代表上海警委欢迎你。

炳坤顿时觉得这个上午很不真实，如同虚设的梦境一样。他在一阵惊喜中，久久地盯着周正龙，感觉自己从来没有如此认真地看过他，仿佛急于要从他脸上寻找出一段被忽视掉的时光。

这一天是1949年的3月8日，也就是从保密局过来的毛森接替了俞叔平，就任上海市警察局局长的第二天。炳坤记得，那天周正龙同他握了一次手。来到刑侦处两年，他还从没想过自己会跟周正龙握手，而且还彼此都握得那么紧。周正龙让他不要介意，说刚才只是为了考验他的沉着和应变能力，还告诉他上海警委在局里有好几条线，今后他们是一组。

在宝山的记忆中，1949年3月以后的上海市警察局，炳坤还是那个炳坤，周正龙还是那个周正龙，他们两个一点都没变。真正有变化的是，在局里的工作中，查案子变得不那么重要了，重要的是队伍的管理和整顿。那段时间里，宝山和炳坤每个礼拜一都要去榆林路的警察学校参加"总理纪念周"活动，聆听新来的毛森局长训话。与此同时，警察局相继成立了"保密组""防谍组"及"生活指导组"等。新颁布的"战时禁令"还规定，凡有警察背叛国民党或弃职潜逃者，格杀勿论。警察之间要相互签订连保责任书，如有违反，连保的警员同罪。那天在会议室，周正龙也让刑侦处的警员签名连保，和炳坤一起签字的时候，宝山对周正龙说，我要是有事了，我们家还有一群鸽子，它们会不会也要格杀勿论？

你还能有什么事？周正龙说，你从不站队，一个人就是一支队伍。

我是怕会被你们这些保密局的给憋死。

炳坤看了一眼周正龙，转头对宝山说，我还是跟牢你查案最稳当。

17

毛森上任后，警察局内部的风声变得特别紧，整幢大楼跟丝毫不透风的铁桶一样。

宝山曾经见过这个新来的局长，就在三年前，他从无锡第一绥靖区司令部临时调来上海，追查荣德生绑架案的那次。这个目光迥异的男子，如今依旧英气逼人，他那两道浓墨重彩的眉毛，加上挺直的腰板，让人想起精力旺盛的马。他是戴笠的江山老乡，最突出的表现是在抗日战争期间，被捕囚禁在狄思威路日军宪佐部队监狱时，居然还能遥控已经叛变投敌的军统原上海区区长陈恭澍的贴身警卫刘全德，指使他在那个除夕夜除掉了汪伪电讯高手李开峰。

在一次警员大会上，毛森信誓旦旦，说上海有一千条路，但我也有一千个特务。他告诫警察局里的赤色分子，不要心存侥幸，必须限期自首，否则后果很严重。会场里一下子鸦雀无声，所有人都目不转睛望向台上。周正龙看了一眼炳坤，又推了推身边正在打瞌睡的宝山。宝山把眼睛睁开，说，你不用担心，我在听的，你们要查的是共党。

事实证明，毛森并不是虚张声势。接下去的日子，福州路185号警察局进进出出的车子开始像鱼群一般密集，几乎每天都有人被抓捕，继而秋风扫落叶一样分批押送去了提篮桥监狱。宝山在办公室窗口冷冷地看着，望见福州路上的那排梧桐，在这场细雨飘摇的倒春寒里颤抖不已。

然而很多事情还是照样发生了。那天，宝山走进警局，发现整幢大楼跟菜场一样嘈杂。众多警员面容干枯，纷纷举着一个信封跺脚骂娘，走廊上到处弥漫着干燥的油墨味。炳坤后来告诉宝山，那些警员都在家中邮筒里收到了一份同样的油印传单，上面是毛泽东和朱德联名发布的《中国人民解放军布告》，也就是他们说的《约法八章》。除此之外，信封里还有一页警告信，告诫警察局的人恪尽职守，保护好一应物资档案，争取立功自赎。

炳坤看上去愁眉苦脸，说，事情很麻烦，连毛局长自己也收到了警告信。

排查工作随即展开，初步推算，上海一万四千多名警员中，收到警告信的不少于两千人。因为投递地址十分准确，一一对应了相关的警员姓名，调查科于是不容置疑地将目光投进了警察局内部。那天，局里开始汇总信息并且上缴物证时，从档案室出来的宝山感觉风衣口袋里被人塞进了一样东西。他抽出一看，就是那封警告信，塞给他的人是站在身后的炳坤。炳坤声音很轻，说，处长让我告诉你，这东西有总比没有好，如果你也收到了，至少他们就不会首先排查你。

炳坤说完，宝山看见站在远处办公室门口的周正龙，正似有似无地盯着他，随后又转身将门轻轻地合上。这样一个背影，让宝山顿时觉得意味深长。

几天后，案子告破。警察局被带走的人中，有普陀分局的老钱和老刘，还有杨树浦分局的小钱。据说小钱刚入职不久，这一年才二十五岁。那天，宝山回家的路上，看见来喜在苏州河边好像是一个人在偷偷地掉眼泪。她的布鞋浸湿在水里，身子蹲下后徒手刨出一个坑，埋下什么东西又把那些沙石给填了回去。宝山就那样远远地望着，他不想去打扰来喜。

回到家，宝山插上电吹风，又用热风给来喜吹膝盖。他什么也没问。来喜终于忍不住了，泪水再次涌上眼角，她说，佛山没了。

佛山是在外面被一只老鹰给盯上了。它落在苏州河边稍事歇息的时候，老鹰一个俯冲，铁钳一样的爪子当即把它死死地给按住。来喜说，佛山只剩下一根细瘦的骨头，骨头上有血，沾住的两片羽毛连风都带不走。宝山听来喜说完，把她拥到怀里，抱得很紧，很长时间说不出一个字。没有关上的电吹风还在藤椅边呼啦啦地叫着，宝山只觉得自己和来喜一下子苍老了许多。

那天，宝山轻轻地松开来喜时，来喜把眼泪擦干，然后背对着宝山，悄悄解下那副卖馄饨时经常要戴的袖套。来喜不想让宝山看见，袖套上有一块没有擦干净的污渍，虽然不是那么明显，但依旧可以看出是油墨。来喜说，解放军是不是要进城了？

宝山沉默了一下，说，上海很快要变天了。

和许多被抓捕的人士一样，老钱和老刘他们在调查科的审讯室里受尽了酷刑。那天，他们被带往宋教仁公园枪决之前，宝山就站在办公室窗口。他看见曾经的三个同事已经被处理得没有了人样，他们被一路拖着，拖到天井中验明身份。警察局门口很快拉起一块黑布，附近小常州面馆的伙计随即低垂着头赶了过来，他端着一个托盘，面无表情地给钱凤岐他们各自送上一碗热气升腾的阳春面。宝山知道这是"杀头饭",一碗阳春面就是一条命,等到把面吃完,他们就会被押上车子送去宋教仁公园。枪声响起后,那里又会多出几具尸体,然后尸体就会被扔进一口土坑。

炳坤当晚就去了迪化路93号,霍香告诉他的这个秘密联络地址,他还是第一次过去。

夜里上海停电,炳坤找到这个地址时,发现原来是一家米行。他按照约定的方式把门敲开,随即在一圈跳动的烛光下看见,等候他的老徐竟然就是那天他在邑庙分局门口见到的那个米行老板。那次,他对炳坤说,7497,我认得你。

老徐正在翻阅着一本《王云五小字典》,看上去像一个小学教员。而他手中的字典,和炳坤当初去水上分局送文件时看到的,摆在周正龙手边的那本一模一样。

炳坤这天是带着情绪而来的,没过多久他就开口问老徐,当初的情报为什么没有及时传递出去?如果那样,老钱他们完全有机会撤离。老徐沉默着,夹在手里的香烟都忘记了抽上一口,以至于烟头已经烧出很长一截烟灰。他告诉炳坤,那次警委的交通员在指定地点收到炳坤送去的情报后，即刻派人利用信鸽将消息传送去下一站。可是，老徐停顿了一下说，信鸽在中途出事了。

出了什么事？

遇见了一只老鹰，就在苏州河的水边。

炳坤感觉脑袋嗡的一下，有很多虚空从脚底板下升起。他了解鸽子，也懂得鸽子，所以，他无力地说，鸽子可能是要喝水。

那天老徐没有告诉炳坤，鸽子其实就是来喜养的，它的名字叫佛山。他也没让炳坤知道，自己其实姓邵，单名一个"健"字，是中共上海警察委员会的书记。他只是平静地对炳坤说，快了，咱们的队伍已经离上海不远了。

一连好几天，来喜夜里躺在床上都不敢闭眼，她怕会在梦里见到佛山。

在地里埋下佛山的那根骨头时，来喜望着之前绑在它脚上的那截小圆筒，将塞在里面没有送出的情报抽出。她虽然不懂密码，但纸条上那串阿拉伯数字还是让她触景伤情。那些排列整齐的数字，让来喜想起了屋顶平台上排成一行的鸽子，而佛山以前就翘首站立在它们中间。

来喜将纸条扔进河里，看着它漂远，直至沉入水底。

然后，她撩起河水，擦洗了一番沾在袖套上的油墨痕迹。

油墨是来喜在一个地下室里沾上的。几天前，上海警委从解放区的邯郸电台里收听到了新颁布的《约法八章》，因为消息播了很多次，老徐和老钱他们就一字一句地抄写下来，连夜刻字油印。后来要安排人员挨家挨户塞进那些警员家的邮筒时，来喜说，这事情我去做也很方便，我一个到处推车卖葱油饼、馄饨的，人家根本不会注意。

来喜在两年前就加入了中共暗线组织。跟宝山结婚之前，她也曾经征询过组织的意见。老徐问她，你想好了吗？来喜说，想好了。老徐就不再说话了。过了一会儿，来喜又补了一句，我觉得他是个好人。

18

5月的一天，宝山突然站在清晨的苏州河边，像钉在那里的木桩一样，一直盯着摇晃的河水，以及映在河水中的自己摇晃着的倒影。来喜那时候远远地看着他，不知道他在想什么。

那天没什么阳光，云层压得比较低，宝山后来在河水的倒影里见到一只展翅的老鹰。老鹰从云层里冲出，起初看上去只有苍蝇那么大，但很快就像民国二十六年日本人的飞机那样滑翔了过来。宝山很安静，抽出俞叔平局长送给他的那把手枪，也没怎么瞄准，抬头时却即刻让一颗子弹朝空中追赶了过去。于是在炸响的枪声里，来喜听见那只老鹰惨叫了一声，随后就笔直坠落进了这天上午的苏州河里。

来喜想，宝山这枪法，弹无虚发。

两天后，很多上海人是在遥远的枪声中醒来的。解放军三野主力对上海的外围进攻，在5月12日这天正式打响。来喜后来听说，这场被称为"瓷器店里打老鼠"的战役，既要歼灭国民党守军，又要保护市区免遭破坏。总之一句话，不能把上海给打烂了。

上海变成翻滚的海，许多消息像浪头一样拍打过来。那天，周正龙更是从警委方面接到消息，从济南市公安局抽调录用了一批警察，加上华东警校的部分学员，一支共计一千四百多人的队伍，已经在华东局社会部副部长李士英的带领下，几番辗转后从济南到达江苏省的丹阳县。他们准备在丹阳集训一段时间，待条件成熟后前来接管上海市警察局。

站在苏州河边的屋顶上，宝山已经能听见隐隐的枪炮声。有时候听起来很远，好像是响在收音机里；有时候又感觉非常近，近得就像在头顶。声音像涨潮，有时候让人喘不过气，有时候又突然安静下来，跟河水一样悄无声息。宝山看了一眼没有去卖葱油饼和馄饨的来喜，安慰她说，不用担心，上海飞来飞去的子弹，我以前见得多了。来喜说，你也不用去上班了，咱们就待在家里。

来喜说这话的时候，低头看了一眼自己的肚子，她已经有了宝山的孩子。

但宝山还是去了局里。

在宝山后来的记忆里，那天他去档案室归还资料的时候，看见铁门半掩着。可是里头除了正在查档案的周正龙，却没有见到管理员。周正龙告诉他，中午时间，管理员去食堂吃饭了。又说，都什么时候了，你怎么不在家陪着来喜？

宝山拎着资料退出，正要走到楼梯口时，一种直觉促使他回头看了一眼，于是发现，刚才闪进铁门里的身影，好像是炳坤。炳坤身后的门轻轻地合上，宝山看了一下表，12点刚过。根据他判断，过不了十分钟，管理员就会回来。宝山低头想了想，就不再急着下楼，而是站在原地，盯着表盘里的秒针，看它一格一格地跳过去。他感觉走廊里非常安静，整个警察局似乎跟睡着了一般。

周正龙这天是故意挑在中午下班前去的档案室，按照计划，他和炳坤要抓紧时间取走两份重要的情报。一个是有关政治处调查科所有警员的资料，再就是保密局即将执行的"永夜计划"的潜伏人员名单。此前，按照周正龙的要求，炳坤已经熟练掌握了《王云五小字典》的四角号码检索法，这也是档案室资料的排列归类法则。

负责档案管理的是个嘉兴人，他眼看到了饭点，但周正龙却沉浸在一大堆资料中不可自拔，不知如何是好。周正龙查阅得详尽而且仔细，中间还没有忘记抄写下一些重要的内容。看见管理员左右为难，周正龙认为时机已经成熟，所以就建议他先去吃饭，回来顺便给自己带一份咸肉炖春笋，再加四两米饭。

一切都非常顺利，等候在楼下的炳坤也随即进入了档案室。他知道此次任务需要两个人联手完成，自己先一个个检索名单，然后周正龙就按照检索结果去对应的柜子，一份份抽取出资料。接下去，炳坤需要把调查科警员的资料一份份摊开在地上，好让跪着的周正龙用微型相机一张一张对着拍过去。而最重要的"永夜计划"的潜伏人员名单以及组织构架，则保存在一个胶卷中，下个礼拜就会被送去台湾。在周正龙拍照时，炳坤在3号柜的5号抽屉里将那个富士胶卷找出，并且塞进去一个假的胶卷当替代品。周正龙说过，这只是权宜之计，等到胶卷里的照片洗出，必须在下个礼拜一之前把假胶卷换回来；否则到时候保密局送走档案前例行检查时，一切就全都暴露了。

宝山是在12点13分闻到一股咸肉炖春笋的香味的，就沿着那口楼梯井热烈地蔓延上来。他随即听见管理员上楼的脚步声，中间还打了一个饱嗝。然而此时，宝山还没有见到从档案室铁门里走出来的炳坤。

炳坤正帮着周正龙整理那些拍完照的资料，并且迅速将它们一份接着一份归入原位。但所有的事情即将结束时，走廊东边方向却突然响起哐当一声，是搪瓷盆落地的声音，听起来很清脆。周正龙即刻命令炳坤，快走！说着，他蹲下身子一步步后退，用脱下来的手套擦干净两人可能会在文件柜前留下的鞋印。

阳光透过窗帘慢慢地飘移过来，空气中清晰可见一些细小的尘埃。铁门被推开时，管理员提着那个被砸扁了的搪瓷饭盆，对周正龙沮丧地说，上楼时不小心和宝山撞了个满怀，那盆咸肉炖春笋于是全打翻在了楼梯板上。周正龙有点气愤，说，我等下让他赔！

管理员哭笑不得，说，周处长听说了吗，后勤总部的张权和第四绥靖区的李锡佑，这两位将军，刚才也被带走了。据说是密谋兵变。

怎么个兵变？

想让西体育会路上的炮兵团突袭警备司令部。

周正龙觉得心里凉了一下，不过他还是说，怎么会有这种事？我是不相信的。

食堂里都传开了，管理员声音很轻，说，大家今天饭量特别小，好像没什么胃口。

再这样下去，我也没胃口。说完，周正龙把铁门推开，手伸进口袋，攥紧那个被他带出来的富士胶卷。

19

因为肚里的孩子，来喜现在上楼去喂鸽子都格外小心，主要还是担心自己的膝盖。那年在童小桥家从楼梯上滚下来的经历，现在她想想都怕。

宝山也没再给她吹电吹风，吹风机那么大的声音，他说怕吵醒孩子。来喜看他笑眯眯地说着，心里一下子想起了很多。事实上，如果不出意外，来喜早就有了自己的孩子。不过那是很多年以前的事，早在她认识宝山之前，也早在她去童小桥家洗衣做饭之前。

那年的一个深夜，来喜的男人突然就不见了，整个事情发生得毫无征兆。来喜只记得自己第二天醒来时，一只脚伸进圆口布鞋，觉得有点扎脚。她于是弯下腰，把手伸进布鞋，抽出的却是一张纸条：我不在的日子，你要多保重。

来喜跌坐在泥地上，整个人跟抽去了骨头一样软成一团。她使劲呼吸，不停地喘气，一双手胡乱抓住床板，却怎么也站不起身子。

来喜花了很长时间打听男人的下落,直到九个月以后,她听一个邻居说,送走她男人的可能是虹口锦华炒货店的老板。来喜就灰头土脸地找了过去,头发都没来得及梳理一下。老板给她抓了一把刚出炉的炒花生,说,你终于还是来了,但我什么也不会说。来喜走的时候,手里不知不觉抓了一颗没有剥开的炒花生。回去以后,她使劲等,等了一年,又等了两年,等到那双圆口布鞋磨烂了,等到自己到处奔波的腿都疼得撑不住了。她最后一次去锦华炒货店时,老板正提着一根木杆秤在称一堆花生。老板避开来喜的目光,说,你不用再等了,人已经不在了。

他是不是牺牲了?来喜说。

老板看着秤杆上那排很细小的秤花,像是在回首一段模糊又陈旧的岁月。他说,对不起,我们没能把他还给你,也没能让他看到最终胜利的那一天。来喜听他说完,从口袋里摸出那颗藏了六年零四个月的炒花生,摊开掌心仔细看了一眼,然后把手合拢说,我也想加入你们,他没走完的路,我想替他走下去。

来喜就是从那年开始替组织养鸽子的,后来越养越多,越多就越喜欢鸽子。再后来,宝山在老正兴面馆给她送了一块布料和一条围裙，宝山问，你给我当老婆行不行？来喜就此整整想了两个晚上，最后向组织汇报时，老徐问她，你想好了吗？

来喜说，想好了。

20

　　童小桥给宝山打电话的那天，北边月浦镇的枪炮声已经听得很清晰。宝山踏进唐公馆，看见她正在收拾一堆唱片，客厅里点了一盆火，她说，趁解放军进城之前，她要把这些唱片给烧了。宝山问她，那留声机怎么办，这么大一个客厅怎么办，难道你都要一把火给烧了？

　　童小桥很无奈地坐下，说，留着这些东西，我怕。她还说，我现在宁愿身无分文，活得跟一个棉纱厂女工一样。宝山这才发现，老金已经不在了，可能他的东西也全都搬走了。只有那辆闪亮的轿车，还一尘不染地停在车库里，散发着寂静的光。

　　那天宝山回到局里，炳坤想了一下还是告诉他，龙江路上又发生了一起人命案，一个老太太被杀了。宝山说，那还不快走？炳坤说，现在这局势，我们还出警吗？

　　宝山于是说，你只要当一天警察，你就要出一天的警。

龙江路已经很安静，许多店门都关着。雨丝很细密，之前收租婆坐过的那条椅子横躺在街角，仿佛在思念着离开它的主人。但死者不是收租婆，是另外一个老太太，人家叫她汤团太太。

汤团太太靠在太师椅上，白玉做的烟管掉落在脚旁。她是被人用手帕捂住口鼻给弄死的，一双眼睛十分诧异地盯着身边的麻将桌，好像那块油光发亮的桌板上，就有着凶手的影子。

她从小喜欢吃汤团，过来看热闹的收租婆掐了掐手指，擦亮一根火柴对宝山说，她比我大五岁，这么说，吃汤团已经吃了六十三年。

老太太家里就她一个人？宝山说。

她以前有儿子，现在没了。

怎么就没了？

说来话长。收租婆两片嘴唇对着烟杆抽了一口，听见头顶一架飞机飞了过去，声音震耳欲聋，于是她很不耐烦地说，不说也罢。

宝山后来曾经想过，那天从头顶飞过的飞机，上面坐着的会不会就是京沪杭警备总司令汤恩伯？因为据说汤恩伯最后一次联系上海市警察局局长毛森时，曾告诫他，如果接下去战况不利，警察局的交警大队也得拉去战场。而在此之前，毛森的保警总队已经被抽去市郊参加布防。这通电话以后，毛森就再也没能联系上汤恩伯。这个总司令在上海消失了。

坐在警察局五楼办公室，毛森身边的一排电话一直铃声不断。他解开风纪扣，开始担心起花费了很多心血的"永夜计划"，档案室里那份拍在胶卷中的潜伏人员名单，他想不能再等了，得抓紧转移，越早越好。

这天夜里，周正龙是在唐仲泰的火柴厂门口被调查科当场抓捕的。炳坤听说，事发时，调查科科长谢小勇也没问周正龙为什么会在火柴厂，只是亮出了毛森签署的逮捕令，也顾不上讲什么虚头巴脑的情面，直接就夺走了他的公文包。

谢小勇很幸运，公文包的夹层里，果然躺着令他眼前一亮的胶卷，周正龙还没来得及送回档案室去。

手铐就不必了，有什么事情按照你们的程序走。周正龙说得很坦然。他只是没有想到，自己之所以被锁定为偷换情报的嫌疑人，是因为谢小勇在档案室的内室发现一片周正龙喜欢吃的诸暨香榧的香榧衣，就掉在失踪胶卷的柜子夹缝里。结合管理员的证词，毛森当即在逮捕令上签了字。

审讯就地安排在火柴厂唐仲泰原来的办公室。周正龙坐在靠背椅上，一双手交叉在胸前。谢小勇简单说了一句开场白，说，你怎么一点也不慌？

周正龙调整了一下坐姿，说，要不你来告诉我，我应该慌什么？他向谢小勇要了一根香烟，十分生疏地吸了一口，差不多把自己给呛到了。

逃去台湾的机票买好了吗？周正龙对谢小勇说，告诉你一个秘密，水路已经走不通了，所有的出口都被解放军给包围了。

毛局长让我告诉你，交代出局里的其他共党，你还有机会活下去。

可是用不了几天，街上就全都是共产党。你们杀得完？

除了胶卷，你还带走了什么？

你们来不及销毁的，我全带走了。

毛森的电话是在夜里12点打过来的，他说，既然骨头这样硬，那么就干脆一点，连夜拉去宋教仁公园！

宝山和炳坤就是在这时候赶到火柴厂的。看见小常州面馆端来的阳春面，宝山一脚把办公室的门板给踹开，说，你们要是想把人给送出去，那就先踩着我的尸体过去。周正龙这时抓起桌上之前点烟的火柴，突然一个箭步冲向窗口，转眼间跃起身子撞开玻璃飞了出去。可是周正龙没有想到，就在自己从空中落下时，戴在脸上的那副吴良材眼镜却掉落在了草丛中。周正龙的视线顿时变得很模糊，他蹲在地上一阵摸索，而此时，追到窗口的谢小勇，则十分准确地向他送出了一颗子弹。

子弹不偏不倚，正好命中周正龙的大腿，并且从那块肌肉里穿了过去。周正龙像是被人绊了一跤，整张脸扑倒在地上，满嘴是泥，立刻闻到了夜色下浓郁的青草气息。

谢小勇随即赶到一楼，却没有见到周正龙的身影，但他很快就放心地笑了。望着地上那些血迹的方向，他带人奔向了厂区里边。

此时，周正龙一瘸一拐，正拖着那条腿艰难地前行。他试图去捂住腿上的伤口，好让那些血流得稍微慢一点。然后他深吸一口气，抬头想要多看几眼上海的夜空。他知道眼前的这个5月，对上海来说必定非同一般。

五分钟后，火柴厂的仓库突然射出一道亮光，等谢小勇他们赶到时，周正龙已经将所有的灯打开，让里头恍惚成了白昼。

摘下一枚铜锁，周正龙努力推开一道铁栅栏，最后气喘吁吁地靠在一块硕大的防雨布上。汗珠如同雨点般坠落，腿上的血流得很猛，将他的裤管彻底打湿。他看上去是再也跑不动了，想就此停下。

宝山记得，当谢小勇拉动枪栓，想要朝周正龙补上一枪的时候，周正龙却猛地掀开防雨布的一角，让他看见成捆成捆扎在一起的炸药包。周正龙说，这就是你们想在败退前炸毁上海电厂的炸药，为此我整整找了两天。

谢小勇于是明白，原来周正龙来火柴厂，是为了寻找"永夜计划"里提到的那批炸药。

周正龙从口袋里掏出那盒火柴，抽出一根说，你可以开枪的，这样我就不用点火了。

炳坤听完即刻就要冲上去，宝山一把按住他肩膀，几乎用上了所有的力气。

你们可以走了。周正龙的头发耷拉在脑门上，看上去有些狼狈。但他的脸上却露出了笑容，他说，我也要走了。

宝山无法忘记，那天，随着那震天撼地的爆炸声，一团巨大的火光就从他身后的火柴厂仓库里冲天而起。他被热浪掀倒在了地上，恍恍惚惚地转过头去时，看见辽阔的夜空已经被灼热的火光所映红，随后就有许多烧焦的尘土从四面八方砸落，好像要将他如同废墟一般掩埋。

宝山觉得四周跟死亡一样安静，他最后看见的，是掉落在身边的周正龙那副眼镜的一条腿。

那天，来喜在床上被爆炸声惊醒后，一直无法入眠。她于是干脆起身，一个人走到门口，站在那里等宝山。她等了很久。炳坤将宝山送回时，来喜已经坐在门口睡着了。来喜扶着门框用力站起，望着眼前两个有点模糊的男人说，你们终于回来了。炳坤看了一眼来喜，根据她的神情和略微发胖的身子，猜测她应该是怀孕了。然后他把目光移开，对宝山说，我回去了。

来喜眼看着炳坤把车子开走，感觉身边一下子很凉，就跟赤脚站在河水里一样。宝山上床后，躺在她身边，抱着她日渐饱满的肚子，从头到尾一句话也没说。

来喜一次次抚摸宝山的头发，说，出什么事了？

宝山把眼睛睁开又闭上，最后说，天快亮了，睡吧。

那天，炳坤把车子开到苏州河边时，无法阻止绵延在心中的很多忧伤。他把车子停下，觉得整个人一点力气也没有，于是就不由自主地走到水边。在那流淌的河水里，他好像再次望见几个小时前牺牲的周正龙，并且记起那次周正龙坐在一条摇晃的船上，说，7497，刚才的表现不错。我代表上海警委欢迎你。这时候，炳坤终于掉下两行热泪，滑落在脸上很烫，他抓捧起一把河水，想将泪水和其他一些往事一同抹去。

炳坤又想起，回到上海进入警察局后没几天，有一次值夜班，宝山请他去街上吃一碗馄饨。炳坤于是围上那条围巾，跟宝山去了宏泰电影院门口。可是在一家葱油饼馄饨铺前，炳坤一眼就见到了忙碌中的来喜。来喜正给客人端去一碗馄饨，她看上去瘦了，脸上的皮肤也没以前那么红润。炳坤感觉一阵无法抑制的惊喜，正要声音沙哑地叫出一声来喜，并且告诉她我回来了，这么多天我一直像个疯子一样到处找你时，却听见宝山说，坐吧，她就是你师母。

炳坤瞬间僵化成一截木头，他很茫然地看到来喜把头抬起，笑眯眯地擦了一把汗，目光望向宝山身边的自己时，好像看见的是一整片突然停止流淌的河水。

炳坤那次一下子吃了三碗馄饨，每一碗都加了很多辣椒，直到把自己吃得大汗淋漓。吃完馄饨的时候，宝山发现他一双眼睛红彤彤的，跟一只无辜的兔子一样。他说，你能不能吃得斯文一点？毕竟我是这里的老板。

炳坤就擦了一把汗，低头扶着桌子站起，然后努力让自己笑着说，你多陪陪师母，我先回去了。

炳坤一路上走得摇摇晃晃，听见很多风相互撞来撞去的声音。后来，他突然吐了，感觉肚子里翻江倒海。他真想在街边倒下，躺在那里跟死去一般，把什么都给忘了。就像那次他终于找到组织时，领导对他发了一通感叹说，我们原以为，你也已经牺牲了。

21

宝山第二天早上去局里，发现整幢大楼已经乱成一锅粥。很多人都惊慌失措，一路奔跑着进进出出，地上飘满了各种各样来不及捡走的文件和纸片。

上午10点，一辆车子缓缓开进福州路185号，下来的是警察局员警消费合作社主任陆大公。陆大公跟宝山一样，是局里的三朝元老，这天他好像没有心情打招呼，甚至都没时间点头，只是沉沉地看了一眼宝山，然后就直接踩上了电梯。

宝山后来才知道，仅仅过了半个钟头，等陆大公从毛森的办公室里退出时，他已经被任命为上海市警察局的代理局长。分手前，毛森对陆大公说，我现在必须撤退。但我还是要回来的，也许一年，也许再过两年。

陆大公离开警察局时，在电梯口碰到了宝山，他对宝山笑了笑，说，改天聚一聚。此时很少有人清楚，事实上，陆大公和中共上海地下市委书记张承宗，两人早已是交心交底的朋友。而这天被叫去毛森办公室之前，他已经通过电话向张书记做了请示。

宝山后来去了龙江路，关于汤团太太，他想找收租婆好好聊一聊。作为刑侦处一名颇有建树的警察，就算天下乱成一锅粥，他也是要破案的。龙江路行人稀稀拉拉，最热闹的是那家早餐店，大家把这里当成了茶楼，说来说去的都是解放军攻城。宝山在挤成一团的人头里见到了收租婆，她正在喝一碗冷豆浆，喝得稀里哗啦，充满了生机。

汤团太太的儿子以前是部队里的伙夫，有一天，去抱柴火，碰见了柴草堆里一条昂起头来的五步蛇。汤团太太后来一定要去部队看看儿子，可是除了一口新鲜的坟，什么也没看到。她只是听部队连长在夜里同她讲，她儿子死的时候，那条被蛇咬过的手臂肿胀得有小腿那么粗，整个人硬得像伙房里的一块砧板。

宝山想给收租婆再叫一碗豆浆，收租婆却吐出一口烟，摸着滚圆的肚皮说，喝不下了。她还说，你这人看上去不像一个警察，会不会是冒充的？宝山就问她，汤团太太的儿子是在哪支部队？收租婆咳嗽了两声，说，我只知道他是被常德的五步蛇咬死的。你晓得常德是在哪里吗？

这时候，宝山好像看见门口有一个人影急匆匆地闪了过去，随后石板街上就响起一阵脚步声，听起来很是仓皇。直觉让宝山即刻追了出去，但是整条狭长的街都是空的，路上只有零星的雨点。宝山仿佛闻到秘不可宣的气息，就裹在眼前凝滞的空气中，所以他继续追赶，直到追进一条弄堂里，突然被一根迎面砸来的木棍打了当头一棒。

宝山两眼一黑，如同身体被子弹射穿，浑然不觉地倒了下去。

这是陆大公上任局长的第一个夜晚，宵禁时间从8点提前到了7点。来喜这天一个人坐在家里，隐约听见远处越来越急促的枪声，却始终没有听见宝山的进门声。这次她终于有了一种不祥的预感，这种预感越来越强烈，于是她套上浅口布鞋，直接就像一阵风一样奔去了局里。

炳坤开车带她到处去找，一路上四处张望，车厢里越来越安静。

车子后来不知不觉又开到宝山家，来喜进去一看，屋子里还是空的。

要不再等等吧。炳坤说。

你别再让我等。我这一辈子，最怕的就是等。

来喜说完，整个身子软绵绵的，膝盖又止不住发抖。

炳坤什么也不敢再说，望着门口没有熄灭的车灯，眼里只有惆怅。

第二天，来喜去了童小桥家。在唐公馆的客厅，来喜觉得眼前曾经熟悉的一切已经恍若隔世，但她还是急着说，宝山不见了，您说他会去哪里。

童小桥眼看着从来没像现在这般慌乱过的来喜，顿时把眼帘给垂了下去。她那时很想抽一根香烟，好像只有这样才能给自己压压惊。她不知道日子为什么会这么荒唐，总是被自己过得一团糟。

他不会有事的，他命大。童小桥过了一阵又说，他不是唐仲泰，早晚会回来的。

来喜始终坐着，都不知道该怎么开口。她想起，以前炳坤消失的时候，那些街坊邻居也是这么劝她的，可炳坤那么多年还是音信全无，直至传来牺牲的消息。这时候，来喜觉得藏在肚里的孩子踢了她一脚，劲道十分生猛。她于是站起身子，对童小桥说，我等他回来，太太您保重。

童小桥把脸转过去，看着落地自鸣钟上好多天没有擦的灰尘，过了很久才说，以后不用再叫我太太了，你可以叫我姐。

22

1949年的5月27日和上海城的解放有关。

事实上，从两天前的5月25日开始，在街上寻找宝山的来喜就见到有解放军陆陆续续地奔袭进城。来喜看见他们夜里将长枪靠在墙角，一排排地露宿在黄梅雨浸泡过的街头。他们有时候齐刷刷地躺下，有时候坐在地上背靠背入睡。有些人则一直紧抱着怀里沉重的机枪，好像生怕会在睡梦中被人抢走。那几天的报纸上说，跟4月底解放南京时不同，解放军战士现在纪律严明，不允许随便打扰上海市民的生活。据说解放南京的那天，有战士满腿都是泥巴，不打一个招呼就闯进了位于西康路上的美国大使司徒雷登的住宅，继而又踩脏了那里的地毯。

来喜每天天光还未亮就出门，手上拿着宝山的警察证件照，一条街道一条弄堂那样找过去，碰到路人就指着照片打听一次。到了后来，她干脆摇醒睡在汉口路人行道上的解放军战士，想从他们的嘴里获得一些消息。照片在解放军手里一个接着一个传递过去，悄无声息。来喜满眼血丝，看见他们纷纷揉揉眼睛，然后又摇摇头，再次疲倦地睡了过去。那天，炳坤也在一边陪着她，当他看见照片最终被传回来喜手中的时候，望着清晨缭绕的水汽中那些熟睡的战士，他陷入了长久的沉默。他觉得不可思议，又感到万分自豪，党组织是如何带出了眼前这样一支令人动容的队伍？

宝山那天是在一阵昂扬的汽笛声中醒来的，声音很遥远。睁开眼睛，他发现自己躺在一张破败的草席上，屋子里漏进来的光线跟随意生长的杂草一样。他支撑着墙角，想要让自己坐起，这时候，对面门框下一个四方形的洞口被推开，有人隔着那扇门板给他递进来一碗馄饨。

宝山很虚弱，一碗面皮不够均匀的馄饨，断断续续吃了很长时间。喝汤的时候，他的脑袋痛得难以忍受，像是被人撬开，强行往里头塞进了一块抹布，又狠狠挤压成一团。他摸了摸额头，才发现原来肿得很厉害，硬得跟鹅卵石一样。在虚无缥缈的漆黑中，宝山还发现，自己的一条腿很不灵光。他于是渐渐回想起，那天自己奔跑在龙江路，突然被横空飞来的木棍击倒时，隐约看见一个瘦小的男子身影，好像是穿了一件黑布长衫。之后，弄堂里便炸开一声枪响，子弹射穿他的右腿，然后他就什么都记不得了。

那天，炳坤撑着一把伞，和刚刚上任三天的新局长陆大公一起，站在雨中守望着福州路向西延伸的方向。半个钟头前，从丹阳远道而来的华东局社会部副部长李士英带着杨帆等人，已经从前一晚的住宿地交通大学出发，正在前来接管上海市警察局的路上。

跟在场的所有警员一样，炳坤觉得这是一场通透的雨，将福州路上的梧桐冲洗得异常清爽。但是此时没有人察觉，就在众人身后，一辆半新不旧的黄包车正穿过雨帘，朝警察局门口飞速奔跑过来。黄包车车夫戴在头顶的破帽子压得很低，一双赤脚踩踏出很多亮晶晶的水珠。等到车子停下，正好转头的陆大公刹那间愣住了，他发现扶着车夫肩膀走下来的，竟然是失踪了很多天的宝山。宝山的腿好像瘸了，他先是左脚落地，等到大半个身子露出车篷时，才转头弯下腰去，努力抱起自己的右脚，差不多将它从车厢里给抬了出来。

陆大公一直很安静地看着宝山，看他赤头站在雨中，一瘸一拐地走向警局时，门口有两个新来的解放军警卫伸手将他拦住。宝山诧异着停下，有点缓慢地抹了一把脸上的雨水。他接着抬头望向警察局大楼的一排窗口，看见那里已经挂出许多白色的小旗。旗子全都被雨水淋湿了，湿得跟雨中的苏州河一样。

看见宝山的炳坤即刻冲了上去，噼里啪啦的脚步声惊动了宝山。宝山茫然地看了他一眼，有点模糊地笑笑，随后，整个人便晕倒在了这天的警察局门口。

23

宝山再次醒来，见到的是一个完全不同的上海。

那天，来喜将宝山的病房窗户打开，整座城市的欢呼声便如潮水般涌来。宝山站在窗口望去，到处都是喜迎解放军进城的人群。喧天的锣鼓声中，有人兴奋得手舞足蹈，有人笑着笑着就哭了，还有人扭起秧歌踩起高跷，簇拥着笑容满面的解放军战士一排一排走过去。宝山一双眼睛有点忙不过来，他望着那些身穿土黄色军装的解放军，觉得他们是那样的生机勃勃，仿佛是一夜之间从地底下冒出来的庄稼。他想，上海果真是换了一番天地。

宝山和来喜一起蹒跚着走上街头，他那条在龙江路上受伤的腿，不敢用力踩，脚一踮一踮的。两人后来站在外白渡桥边，就那样远远地看着热闹的人山和人海，好像是看一场永远也演不完的电影。

当周围安静下来后，宝山对来喜说，我那天听见一声枪响，以为再也见不到你了。还好子弹射偏了，射在了小腿上，没伤到骨头。

来喜身子一抖，好像也听见了那声枪响。她抓住宝山的手，抓得很紧，却一直没有转头去看他。

宝山望向来喜的肚子，说，我昨天在梦里见到，你给我生了一个儿子。

来喜就笑了，但她依旧没有看宝山，只是说，那你赶紧给他取个名字。

宝山想了一阵，最后望向那起伏的河水说，你还是让我再想想。

那天，在欢庆的人群中，两人一起见到了炳坤。炳坤已经换上解放军军装。站到宝山面前时，他将有点肥大的袖口卷起，又不好意思地左右拉了一回腰上的武装皮带，想让扎在里面的军装显得更加平整。宝山在阳光下看着他帽檐上闪闪发亮的五角星，说，我早看出来了，你来警察局是有目的的。

炳坤看了一眼来喜，沉默着，笑了。

宝山就是在这时候突然想起了周正龙。他对炳坤说，我有点想处长了，我家里还留了一条他的眼镜腿。

炳坤把头低下去，想了想才说，我也是刚刚知道，处长的代号就是猫头鹰，他在局里潜伏了很多年。

宝山什么也没说，看着渐渐消散的人群，他感觉眼底的苏州河就像一场无声的电影，总是会让人忧伤。然后他便回想起，那天在凯司令咖啡馆，周正龙曾经放下吃牛排的刀叉，非常严肃地说，警察局里有个代号叫猫头鹰的共党，毛人凤查了很久也没有头绪。

宝山在回去的路上，因为小腿受伤的缘故而走得特别慢，仿佛整个世界都是静止的，他喜欢这种静止的感觉。他告诉来喜不用等他，他想一个人自己走。此时，不知道为何，宝山突然很想念周正龙的家乡特产，包在纸袋里的诸暨炒香榧。他想，现在周正龙的办公室里，当初那些特意为他准备的好茶不知道是否还在。

上海市警察局已经正式更名为上海市公安局，办公地址还是在福州路185号。

周正龙的办公室迎来了新的主人。6月10日这天，在公安局新一届中层干部任免会上，一个名叫张胜利的男子被任命为刑侦处处长。跟接替陆大公的局长李士英一样，他之前也是从济南和公安部队一起到达丹阳集训，然后随公安部队过来的。

宝山回局里的那天，已经到了闷热的梅雨天。张胜利满头是汗，整个人像从水里捞出来似的。为了凉快，他把鞋子扔到一边，光着一双脚在炳坤的眼前走来走去，忙碌个不停。从济南带来的哈德门牌香烟，他也是一根接着一根抽。他告诉炳坤，眼前有两个案子很棘手。一是接管警察局期间，有歹徒打着"解放军先遣队"以及"中共地下军"的旗号，骗走了两个分局和四个派出所的枪支弹药以及其他警用物资。另外一个，是江南造船厂附近，最近连续有国民党残匪出没，他们经常对深夜巡逻的解放军战士打黑枪。

张胜利刚说完"打黑枪"，宝山敲敲门把门推开。张胜利头也没抬，只是说，等一下，我很忙。

宝山觉得这新来的领导架子不小，他没去理会上前迎接他的炳坤，只是盯着张胜利的那张脸。张胜利的脸上趴着一道春蚕那么长的伤疤，让伤疤附近那只眼睛显得有点变形，似乎有一根绳子将它往上吊起。

宝山努力想了想，不够确定地说，张仁贵，难道真的是你？

张胜利有点措手不及，抬头后又很不相信地站起，说，陈宝山？！

这时候，宝山就把眼睛闭上，感觉疲倦得不得了。他

说，你这么多年到底死去了哪里？娘在火车站等了你一年
又一年。

娘呢？她现在在哪里？

宝山说，娘在坟里。

那天，宝山跟张胜利紧紧地抱在了一起，两个人百感
交集。

张胜利十六岁那年爬火车离开上海，因为犯下了命
案，他仓皇地逃离，后来他给自己改了个名字，而且还加
入了部队，参加过很多场战役。脸上的这道疤，就是在打
济南时被弹片给削的。几天前，他回到上海随公安部队一
起接管上海市警察局，忙得连撒泡尿的时间都没有，所以
一直没来得及回家。

宝山带张胜利回了家，陪张胜利喝酒。于是，来喜炒
了很多菜。宝山听着张胜利说起的往事就笑了，说，你小
子活该。张胜利一下子就蒙了，那年，他搬起砖头去砸弄
堂里的那个小赤佬，就是因为宝山被人欺负了。宝山还是
笑，说，你这胆子比老鼠还小，哪来什么命案！那人躺在
地上根本就是装死，只为了让咱娘多赔一点钞票。后来警
察过来踢他一脚，他就爬起来泥鳅一样溜走了。

张胜利于是一拍大腿，说，妈了个巴子，操他奶奶的。

120

宝山愣了一下，说，怎么你也是一口的山东话？

张胜利便很后悔，扇了自己一嘴巴说，怎么脏话还是张口就来！他还说，我们是有纪律的，进上海前，首长一再强调过要讲文明，野战部队打仗可以野，行为上不能野。

宝山带张胜利去了一趟沪西新泾港的息焉公墓，那里葬了张胜利的爹娘。两个人一起在坟前跪下，洒酒了好多次。张胜利说，爹，娘，上海解放了，不孝儿张仁贵回来了。

宝山忍不住有点心酸。他望着不远处的息焉堂，感觉钟塔楼顶的那几扇哥特式拱窗，看上去就是一排子弹头的造型。他对张胜利说，上海还有很多事情要做，你当刑侦处处长，我觉得放心。

张胜利围着墓地转了一圈，然后告诉宝山，旧警察改编工作就要开始了，李局长他们的意思，接下去的警察队伍是要"拆屋重建"，对于留用的警察，一个一个需要甄选。

宝山说，我没问题的，手上还有案子要查，总共死了三个人。

张胜利看了他一眼，说，这些我都知道。我们明天给周正龙开追悼会，他写的那些秘密日记里，对你评价很不错。

就像宝山之前所说的，周正龙的确从警察局里贪污了不少钞票，但是这些钱后来都转交给了上海警委，用以补充组织在上海的活动经费。周正龙有几次去买香榧，付给老板的是一根根金条，好像那些香榧是用金子炒的。他最后一次去凯司令咖啡馆，交给替他保存法国朗姆酒的服务生一沓照片，那是他自己从暗室里洗出来的，关于保密局"永夜计划"的潜伏名单，以及一些诸如提前往上海偷运炸药的细节。

那天参加了周正龙的追悼会后，宝山又去了一次凯司令咖啡馆。咖啡馆这天几乎没有什么顾客，空荡荡的。宝山给自己叫了一壶茶，一个人默默地喝着，默默地望向周兰扣当初最爱坐的位子。茶喝到一半时，柜台里又响起了陈歌辛的那首《苏州河边》。

星星在笑　风儿在炉

轻轻吹起我的衣角

我们走着迷失了方向

尽在岸堤　河边彷徨

......

宝山转过头去，看见炳坤正和那个服务生站在一起，两个人同时对他淡淡地笑。

宝山觉得，仅仅是几天时间，上海的一切都变了。

24

童小桥早就已经把火柴厂给关了，唐仲泰留给她的只是一屁股的债。

那段时间，上门催款的人很多，一批接着一批。坐在沙发上的童小桥每次都将旗袍下的腿架起，侧过身子留给对方一个笔直的剪影。她说的都是同一句，人要吗？

债主一般都会以为自己听错了，不相信这是真的。童小桥就十分认真地点头，好像是要鼓励他们接着往下想。等到那些人的目光从头到脚来来回回对她全身抚摸了一遍，她才站起身弹了弹旗袍，好像要弹去很多醍醍的东西。她从茶几底座里抱出一个油光发亮的黑盒子，说，都拿走吧，你想要的唐仲泰都在里面，也省得我给他找块墓地。

债主脸上顿时红一阵白一阵，说，没想到唐太太这么喜欢开玩笑。

没开玩笑，童小桥说，债是唐仲泰欠下的，与我无关。房子和火柴厂是唐仲泰留给我的，与你无关。

童小桥点燃一根火柴，拦在手心里，慢慢看着那粒火苗长大。

债主很不高兴，说，你这样一来，就变得很不友好，道理上讲不通。

讲不通你去跟天讲。不瞒你说，上海最近换了一片天，我有些时候也想静下心来，想跟它友好地讲一讲道理。

童小桥说完，一口气把手里的火苗给吹灭，然后扔下火柴棍，当即叫了一声，老金，送客！

老金也不知道是什么时候被童小桥从哪里给叫回来的，总之他这段时间一直陪在她身边，像无处不在的影子。老金是江苏金坛人，虽然话不多，见过的世面却不少。按照辈分，童小桥应该叫他舅舅。童小桥现在哪里也不去，一直待在家里，似乎把一个客厅当成了整个上海。直到那天老金回来跟她说，南京路上的那些店面又重新开张了，交易还正常，没出什么大乱子。老金最后又说，宝山好像出院了。

童小桥就起身走去卧室，坐到化妆镜前，把自己好好修饰了一番，看上去比刚刚过去的5月份精致了许多。可是等她回到客厅时，老金就那么浅浅地看她一眼，她就什么都明白了，即刻将套在手上的白玉镯子给摘下，又回去把口红也给擦了。最后才问老金，你看这样行吗？

老金却说，要不要开车？

童小桥于是又坐下来想，想的时候还给自己点了一根烟。有一阵子，她几乎想干脆就不要出门了，这种事情太伤脑子。

车子开到南京路，童小桥买了两个铁皮圆桶装的华福牌滋补麦乳精，还有半斤补血的阿胶浆。然后，她换了一家店，买了一双孩子穿的虎头鞋以及三片红肚兜。她专门选了那种中间绣了一头吃草的牛的红肚兜，因为她问过老板，这一年出生的孩子属牛。她还想买一双自己看中的皮鞋，觉得很合宝山的脚，但站在柜台前看了很多次还是有点犹豫。后来，站她边上的老金就说了一句，买吧。

老金把车子开去乌镇路，宝山家门口挂了一把锁，又去街上转了一圈，也没见到来喜的馄饨铺。老金扶着方向盘，抬头对着后视镜问，怎么办？

童小桥说，去他们公安局。

宝山是在办公室里接到了童小桥打来的电话。电话里，童小桥的声音比较响，连一旁的张胜利都听得很清楚。她说，陈警官，办案子也要注意身体，你都快四十的人了。宝山提着话筒走到窗前，低头看见老金的车子就停在局门口附近。老金靠在车门前，仰头发现他时，抬手按了按喇叭。宝山就对张胜利说，我出去一下。

阳光晒在身上不燥不热，宝山走出局大门，尽量让自己因为受伤而踮着脚的步子迈得自然一点。他望着老金，走向车子时，两片起伏的肩膀还是有点像摇船的样子。

老金说，你的腿怎么了？

宝山说，被狗咬的。

老金皱了皱眉头，替宝山打开车门时说，我觉得不像。

看多了就像了。宝山说。

童小桥已经从电话亭里回来，她在车厢后排挪了挪身子，给宝山腾出一些空间。

两个人就在车上随便聊了几句，童小桥说，我就知道你不会有事，来喜那天担心得快要疯了。宝山笑笑，把车窗摇下，看见一辆迎面而来的军用卡车，车头上挂着毛主席和朱总司令的巨幅画像。卡车后面是敲锣打鼓的舞狮队，中间有人扛着一幅漫画，画着解放军战士举起大刀追向抱头鼠窜的残匪，大喊一声：逃到哪里去？

童小桥也看着这幅漫画，想起当初要逃去台湾的唐仲泰。她笑了一下，然后把麦乳精、阿胶浆、虎头鞋和红肚兜推到宝山手里，说，回去交给来喜补补身子，我刚才找她找了半天，硬是没有找到她的馄饨铺。你要同她讲一声的，等孩子出生了，我是要当干娘的。

　　宝山顿时有些为难，考虑了一下才说，你以后会不会跟我干娘一样，管我儿子管得很严？要是那样的话，这事情我看还是算了。

　　童小桥又浅浅地笑了，她想，如果不是因为跟宝山在一起，这么长时间里，她都快忘记自己该怎么笑了。

　　阳光飘落进车厢，看上去仪态万方。宝山将车窗稍稍摇起，说，你瘦了，你最近是不是不吃饭的？

　　童小桥心里咯噔了一下，但她装作没有听见这一句，目光依旧停留在窗外。她觉得上海怎么会变得这么快，现在街上很多面孔都是新的，就连福州路上跳来跳去的阳光也是新的。然而，她这个女人却是旧的。

　　老金上车给宝山递上那双新买的皮鞋，童小桥说，你试一试。宝山一下子就笑了，抬起那条受伤的腿说，我穿新鞋子就是浪费，我现在瘸了。老金悄悄看了一眼童小桥，看见她慢慢把脸转过去。他沉默了一刻，还是对宝山说，你就收下。

那天，张胜利一直站在楼上的窗口，他看见宝山钻进车子后消失了很久。等他点燃第三根香烟的时候，他发现和宝山一起走出车厢的是一个风姿绰约的女人。女人的旗袍虽然是朴素的湖蓝色，但实在扎得有点紧，前凸后翘，丝毫也不含蓄。令张胜利不敢想象的还在后头。宝山就要离开时，那女的竟然弹了弹他肩头的衬衫，然后轻轻地吹了一口，最后又不得不伸出两根手指，替宝山捡走了好像是一两根碎头发。

张胜利猛地抽了一口烟，胡乱吞进肚子后就没有再吐出。他看着童小桥的车子在那排梧桐树下越开越远，最终在这个惊心动魄的上午，变成一只飞走的蝴蝶。

宝山回到办公室，看见张胜利满脸焦急地走来走去。张胜利说，你以后少跟这样的女人来往。

宝山愣住了，问他，那我该跟什么样的人来往？

总之旧警察那一套，你给我收起来！你要把你的旧思想好好地清洗一遍。

随你怎么想。宝山狠狠地说，我的思想干净得像清水一样，越洗越脏。

张胜利非常惊讶。他把袖口卷起，在办公室里盘着一双手，忧心忡忡地来回走了两圈。他警告宝山说，童小桥那种做派，完全就是资本家的女人。你看她车门一开，屁股冒烟，烧的都是我们现在供应很紧张的汽油。

宝山就说，你讲错了，她不是资本家的女人，她就是个资本家。

张胜利指着宝山的脸，说你给我听仔细了，首长昨天刚刚讲过，上海一天要供应二十万吨煤，六百万人眼睛一张、嘴巴一开就要吃饭。我们要厉行节约。

宝山看着喋喋不休的张胜利，觉得他简直不可理喻。宝山说，我头很痛，你可以走了。

张胜利这才发现，原来这是在宝山的办公室。

25

上海一天一个样，每天都有五花八门的消息传来。

6月12日，"永潇"号游轮到达天津港，上海至长江以北的海运航线宣告恢复，之前《字林西报》说的"上海港不安全"也便成了个笑话。没过几天，乌烟瘴气的证券大楼也被查封了，银圆和美钞的黑市投机活动自此树倒猢狲散，警察局还就此抓了不少奸商。

那天，宝山领到了6月份上半个月的薪水，除去之前预发过的一千元现金以及十六斤大米，按他这个级别，到手的还有将近七千元。宝山把钞票全都给了来喜，说公安局蛮讲信用的，才来没多久就发了半个月的工资。

可是到了6月底，却有不好的消息传来，说是国民党已经封锁了上海的出海口。

张胜利在办公室里闷闷不乐，他说，我们最近扫除了那么多地雷，又破获了好几桩敌特案，他蒋介石还封锁个屁。他想了想，又站起来对炳坤说，毛主席讲过，胜利的果实就好比桃子，该由谁摘，要问问桃树是谁种的。但是国民党现在想把桃树都给砍了，咱们能答应吗？

炳坤给他倒了一杯水，他又接着说，答应的就是傻瓜，孬种，就是国民党的连襟。

接下去的案情分析会，轮到宝山说他手头的案子。宝山已经查明，汤团太太的儿子之前也是在国民党的七十二军，七十二军在常德时，她儿子是伙夫。宝山说，包括张静秋和郑金权，三名死者都曾经在同一支部队。

张胜利静静地听着，在本子上记下了七十二军，还特意画了一条线。他那只往上吊起来的眼睛眨了眨，说，我不相信这世界上会有这么多的巧合，宝山你继续查。

可是这天下午，局里公布了新一期的留用信息，在旧警察劝退的少部分人员中，就有陈宝山的名字。

宝山当天夜里买了两瓶酒，山东景芝的高粱大曲，去警察宿舍找张胜利。他把酒在四方桌上搁下，说，人事处处长已经跟他谈过，出于照顾，安排他去重新开始生产的之前唐仲泰的那家火柴厂当门卫。

张胜利看着酒瓶，一言不发。

你去帮我问问，宝山说，我想留下，我还想当警察。我要是不当警察，我就等于是半个死人。

张胜利叹了一口气，说，我已经尽力了。你也不用想太多，不是因为其他的，主要是考虑到你这条腿，不方便。

宝山一路走回家，听见树上几只知了在深夜时分鸣叫得三心二意。他走了一段，就在苏州河边坐下，想想他们陈家三代都是警察，到今天却要结束了。他望着那些轻声涌动着的河水，觉得心里一阵阵发慌，好像水已经淹到了他的头顶。

宝山回到家，月色很清凉。来喜看见他沉默得像个哑巴，提了一瓶酒独自去了屋顶平台。他坐在地上，掏出当初俞叔平局长送他的比利时花口勃朗宁配枪，然后倒了两杯酒，摆在一起，好像是要跟那把编号0093的配枪一起喝酒。

宝山一仰头把酒喝光，望向对面那只杯子时，酒还是满的，里头浮着一轮月亮。月亮很细，像一片很细的指甲。宝山就把那只杯子举起，咕咚一声喝下了第二杯酒。

那天，宝山把自己喝醉了，他躺在地上抱着那把枪，好像那是他身上的一根骨头。他后来什么也不去想，只是睡在屋顶平台上，身边陪着笼子里那些一声不响的鸽子。来喜给他拿来一条毯子，替他盖上时，觉得他身上很烫。

宝山第二天很早就醒来了，他在清晨的微光中打开院门，一个人朝苏州河走去。路上有人在刷马桶，生煤炉，听收音机，淘米，有人蹲在墙角刷牙，也有人守在摊边，等候客人过来买烧饼油条和豆浆。弄堂口那个发高烧的三岁女孩，宝山昨天夜里就听见她在屋子里哭，现在一觉睡醒还是高烧不退。宝山想，不能再拖了，孩子这时候该送去诊所。

　　宝山走到局里，去枪械科交还自己的配枪，却忍不住想留下俞叔平局长送给他的那支比利时花口勃朗宁。他把枪身来来回回擦了很多次，还上了一回枪油，最后才将它装进一个布袋子，上交给了保管员。转身时，他听见保管员将铁柜子哐的一声给锁上，那声音让他站在原地发呆了很久。

　　离开公安局的时候，没有人送宝山。从大楼到门口，那段几十米的路变得跟隧道一样漫长。宝山一步一步虚弱而无力地将它走完，踩进大门外福州路路面的时候，他没忘记转头，对着门口的哨兵敬了一个礼。这时候他便望见，炳坤一直在楼上办公室的窗口看着他。炳坤那张映在玻璃窗上的脸，好像离宝山很近，一伸手就可以摸到。宝山便在这个渐渐开始车水马龙的清晨，昂首对炳坤和蔼地笑了笑。

26

炳坤渐渐变得有点暴躁，不仅因为局里清退了宝山，还因为有人要将公安局十层顶楼上的几百只警鸽给清理掉。他们的理由很简单，说警鸽曾经是国民党旧警察的帮凶，该杀。这些警员中就有张胜利，他说，早就可以下手了。

炳坤那次实在不想多费口舌，他对张胜利说，你要是对这些鸽子斩尽杀绝，你就是一头猪。

张胜利很长时间没有把嘴合拢，那只吊起来的眼睛一眨一眨，眼睁睁地看着炳坤气势汹汹地走远。他咬了咬牙，暗自朝那背影骂了一句，妈了个巴子！

炳坤去了十层顶楼，将那些济济一堂的鸽子好好看了一回。警鸽中有小巧玲珑的日本鸽，有旧政府当初用黄金换来的德国鸽，还有美国人送来的一批大块头军鸽。他打开笼子，看准了两只体形矫健的灰色德国鸽，将它们一把抱了出来。离开之前，他还带走了很多饲料。

在宝山家，炳坤陪他一起喝酒。两个人喝得散漫而且悠长，好像剩下的时间就是用来喝酒的。除了鸽子，炳坤还给宝山带了一只葱油饼，宝山咬下一口说，我想好了，两只鸽子，以后一只叫佛山，一只叫宝小山。

炳坤不知道鸽子为什么要叫佛山，但他听见宝小山时还是喷出一口酒笑了。这时候，来喜给他们端来一碟花生米，然后她走去鸽子笼边，很长时间地看着新来的佛山和宝小山。炳坤喝了一口酒，见到来喜撑着腰，缓慢地蹲下身去。她来回抚摸着两只鸽子，目光很安静。鸽子也不躲开，还对她点点头，咕咕叫唤了几声。

宝山看着炳坤说，来喜和你一样，跟鸽子很合得来。

张胜利很快查到了童小桥家的住址，因为他记得那辆道奇车的车牌号。他原本想带上军管会的干部，以登记私家车的名义上门查访一下，但后来想了想，还是自己一个人踩上局里的脚踏车去了。

童小桥刚刚起床，正在考虑这天是继续待在家里还是出去稍微做一下头发，这时候有个穿了军装的男人提着个夹了钢笔的笔记本走进来。童小桥有点迷惑，她看了一眼院子树荫下晃来晃去的阳光，才发现原来老金出去买菜的时候，忘了把门给锁上了。

张胜利说，唐太太，打扰了。

你哪位？童小桥说。

我是市公安局的，想找你了解一些情况。

童小桥怔了一下，看着张胜利手里的笔记本，似乎有点莫名的不安。

屋子里很香，是那种女人味的香。童小桥穿了旗袍和高跟鞋，露出来的脚背上，能够看见一些细小和蓝色的血管。

张胜利把目光移开，一只手摸向口袋时才发现自己忘记了带香烟。为此他有点沮丧，觉得如果没有了香烟，这个上午自己一定会是迷迷糊糊的。童小桥看出了张胜利的心思，她把茶几的抽屉打开，掏出里头一包女士型的"纪念"牌香烟，说，警官要不要试试这个？

张胜利内心有点惊喜。但在童小桥靠过身子就要替他点燃火柴的时候，他还是说，我自己来吧，你坐。

其实你不用叫我警官，那是旧上海的做派。张胜利抽了一口烟，觉得它怎么跟牙签一样细，然后他告诉童小桥，我叫张胜利，弓长张，不是立早章。胜是胜利的胜，利是胜利的利。他说，这两个字是不是挺好记？

童小桥笑了一下，说，我去给张警官泡茶。

张胜利这天留下来的时间不长，他只是跟童小桥大概聊了几句，说局里现在要查国民党遗留下来的特务，他们刑侦处反特任务很重。他连笔记本都没打开，走的时候又来回看了一眼客厅的摆设，说，上海现在真好，跟我参加革命以前完全不一样了。

可是第二天，唐公馆还是迎来了几个军管会的干部，他们要把童小桥的道奇车给暂时没收了。老金低头走去车库，想要收走车里的手套、香烟、雨伞以及擦玻璃的毛巾什么的。他收拾得慢条斯理，让旁边军管会带队的领导有些恼火。领导拦住他说，别磨磨蹭蹭了，钥匙给我，东西都留着。

老金茫然地看了一眼领导，又去看童小桥。童小桥站在树荫下，样子很端庄，说，给他。

按照周正龙当初从胶卷里洗出来的照片名单，炳坤一直在查"永夜计划"中的潜伏者，可是情况却让他一筹莫展。名单里有个叫丁力的男子，炳坤去各个分局对着户口本一个一个查过去，发现四个名叫丁力的有三个前几年就已经死了。最后找到的，却又是一个七十二岁的老头，在床板上瘫痪了很多年。

炳坤那次去火柴厂门房找宝山，两个人经过分析，觉得名单上的所有人可能都是化名，类似于代号，或许只有"永夜计划"的牵涉者才知道其中的内情。

炳坤有点失望，觉得周正龙拿到手的情报差不多成了一张废纸。

宝山说，你别急，总会有头绪的。既然有那么多人藏在上海，他们接下去肯定会有动作。只要拔出一个萝卜，就能带出一团泥。

炳坤想起上午由分管局长召集的特情分析会上，张胜利曾经汇报过有个代号叫胭脂的特务潜伏在上海，这人很难查。宝山说，那就要考验张胜利的本事了。他告诉炳坤，之前在局里，他曾经去物证科又检查过一次张静秋的箱子，里头有一本相册。所以他在想，凶手会不会拿走了一张照片？

张胜利再次去唐公馆是在五天以后，这让童小桥多少有点意外。

童小桥在客厅里给张胜利点烟，张胜利看着她手腕上的那对镯子说，你这个玉石怎么是红色的？童小桥就告诉他，这其实不是玉，是玛瑙。

玛瑙和玉有什么区别？

玛瑙便宜，像我这样的人都买得起。

张胜利扑哧一声笑了，说你还买得起美国进口的小车。

童小桥便一下子明白了，车子可能就是张胜利让人过来没收的。但她也笑了一下，说那东西还是你们收走好，它对我来说就是聋子的耳朵，光摆设。

话不能这么讲，张胜利看着童小桥短旗袍外赤裸的手臂，目光慢慢移下来说，比方讲你这对手镯，有和没有还是不一样的。说着他把童小桥的手给抓了过去，摆在掌心上慢慢欣赏了一回，说唐太太能不能给我再讲讲玛瑙，我有点想不明白，它为什么就比玉要便宜。

童小桥想，果真被自己猜中了，该来的终于还是来了。她把那只伸出去的手很安分地摆着，没有一点要抽出的意思，好像坐她对面的，是正在替她诊脉的老中医。这时候，张胜利就试探着抚摸了一下她的手背，说，唐太太这双手，戴什么都好看。你放心，车子我会替你要回来的，但是你要给我时间。

童小桥什么也没说，只是安静地望向院子。她看见这天下午的阳光显得有点多余，此时正趴在院子里那堆肥美的枇杷树叶上，一副赖着不肯走的样子，这让她的眼神也不由自主地暗淡了下去。她后来觉得腰都挺得有点酸了，就挪了挪身子，把手再伸过去一点说，张处长要是喜欢，可以把这只手也一起带走。

张胜利显得有点扫兴，把她的手翻过来说，唐太太想到哪里去了，我是要帮你看一看手相。我在济南跟灵岩寺的大师学过的，他们说我算得很准。

女人的命还需要算吗？童小桥笑笑，声音里透着心灰意冷，好像那只被人拿走的手上，血在一点一点凝固。

那天，张胜利喘着气突然把童小桥抱住，那只吊起的眼睛里闪动着一堆堆的火焰。童小桥反抗，厌恶地把他推开。张胜利那只吊眼便有点狰狞，他说，你还是答应了吧，如果不是我罩着你，他们天天查你。你这么大一个院子，经不起查的。

说完，张胜利猛地将童小桥扑倒在地板上。童小桥没有叫喊，只是苦于自己不是张胜利的对手。最后，她的眼里掉出一滴泪，心里在想的，是很久都没过来看她的火柴厂门房宝山。

27

7月底的一场六号台风是百年罕见的，根据上海气象台提供的数据，台风的实际风速达到了每秒三十九米。报纸上说，因为海潮倒灌，市区最深的积水处，水深有两米。

宝山那天夜里去火柴厂的厂房加固门窗。他提着手电筒，在身上盖了一件雨披，回来经过那片当初被炸药炸毁的仓库废墟时，恍惚间又看见了周正龙的身影。他就站在水流漫过膝盖的泥坑中，狂风呼啸着想把他按进水里，他好不容易抓住一堵断墙，墙却在顷刻之间倒了。

两天后，炳坤经过一路排查，发现了一名嫌疑人。那时候，局里已经给他新分配了一个助手，名叫贺羽丰。贺羽丰是浙西江山县人，戴笠、毛人凤和毛森的老乡。两个人顶着风雨追踪到长乐路的兰心戏院门口，见到一个蹲坐着卖嘉兴粽子的老太婆。他们把篮子上的围裙布掀开，发现藏在热气腾腾的粽子下面的，竟然是两颗手雷。贺羽丰当即揪住她的头发，使劲一扯，果然是一团黑乎乎的假发。

对方原来是个五十多岁的糟老头，居住证上的名字叫郑春生。据他后来交代，自己就是"永夜计划"的一名潜伏成员，但在那份名单上，他对应的名字其实是郑海盐，因为老家是在嘉兴海盐。

郑春生很配合，想争取宽大处理。他说来兰心戏院，是为了在下午三点一刻，电影《一江春水向东流》散场时，把手雷给扔进去的。因为在场的观众，有好几个是军管会的干部。他还知道自己是属于"永夜计划"潜伏团的第二小组，只是组里其他人员的信息他一概不知。上头给他分派任务是通过信件通知，写信人署名二郎山，三个字落笔时用楷书。

炳坤站在窗前，看着福州路上台风肆虐过后的一切，觉得已经到手的信息跟宝山之前的判断十分吻合。但接下去如何追查二郎山，他认为是时候让他的师父宝山出马了。

宝山是咬着嘴里的葱油饼回到局里的。他踩上电梯时，看了一眼新来的贺羽丰，然后对炳坤说，把郑春生收到过的信给我。电梯在六楼停下，贺羽丰一路小跑，提前替宝山打开原来那间办公室。宝山进门，随手把灯打开，说，你们先出去，等我半个钟头。

只有宝山自己知道，接下去的时间，他根本就没有去想案子。他只是静静地坐在那张原来的办公桌前，看着曾经熟悉的一切，陷入深深的沉默。往事像照片一样从眼里掠过，宝山跟往常一样端起杯子时，才猛然发现，原来炳坤早已为他泡好了茶，现在还是热的。

半个钟头后，宝山准时将门打开。他对等候在走廊上的炳坤和贺羽丰说，去把郑春生那个片区的邮差给我叫来。

炳坤愣了一下，听见宝山又说，多带几个人，注意安全。

邮差当天傍晚就被带到了审讯室，他穿着一身草绿色制服，坐到宝山面前时，样子茫然若失。

宝山说，我问一句，你答一句。现在开始。

7月26日，你有没有上班？

邮差想了想，确定地点头。

那么4号弄堂，郑春生的这封信是你送的？

邮差看了一眼信封，盯着宝山说，有什么问题吗？

不是你问我，是我问你。

是我送的。

你是怎么拿到这封信的?

当然是在邮局里。写信人寄信,塞进邮筒,信最后被分拣,然后送到收信人所在邮局,我们取来后再去各个弄堂分发。

按常理是这样,可是这封信却没有按照常理。宝山又说,不要慌,你再好好想想。

炳坤这时候看见邮差额头冒出一片汗星,他落在信封上的目光也开始游移不定。

宝山接着说,我看过寄出的地址和邮戳,和你们是同一个分局的,信应该是投进了256号邮筒。宝山说得不紧不慢,他说,同一个区域之间寄信也正常,可是我知道256号邮筒是在地势低洼区,差不多是一截下坡路的坡底,这就很奇怪了。因为寄信那天,邮筒肯定被台风天倒灌的水所淹没。那么请你告诉我,为什么这封信没有一点被水泡过的迹象?它的寄出地址和邮戳是不是假的?

邮差即刻抖得像一个筛子。的确,信就是他自己写的,他拿去邮局盖了章,然后直接塞进了郑春生家的门缝。

你就是二郎山,宝山最后拍了一下桌子说,第二小组的资料全在你这里，你还给哪些人写过信？

张胜利这天夜里压在童小桥的身上气喘吁吁。在唐公馆一楼的书房，他撕碎倔强的童小桥的旗袍，说，没有我你会很惨，怎么死都不知道。又说，宝山有什么比我好，妈了个巴子的，谁也别想挡住我。

童小桥咬咬牙，到了后来一动也不动，任凭张胜利斜着一只眼睛在她耳边狂风暴雨，像是要把她一口给吞下。后来她跟中邪一样，闭着眼睛整理完自己，随便套了一件衣裳坐到客厅里抽烟。她抽烟的样子很猛，烟嘴都要被她咬碎了。她很后悔，心想，早知道这样，当初就不应该答应让老金回老家金坛。

这时候，宝山推开院门走了进来。宝山是想过来跟童小桥吹一下牛皮，夸夸自己刚帮徒弟破获了一个反特大案。可是他一脚踩进院子，就闻见一股张狂的气息，屋里的灯光下，他看见了张胜利松垮的背影。张胜利正在扎皮带，把一件衬衫胡乱塞进了裤子里。

童小桥扭过头去，避开宝山的目光，身影萧瑟着扣上一粒纽扣，又悄悄擦一把眼角。

宝山即刻一把揪住想要离去的张胜利，将他扔在了那棵枇杷树上。枇杷树摇了摇，宝山喘着粗气说，张仁贵你再这样下去，当心挨枪子。

张胜利把嘴角的血擦去，看着滚落在地上的两颗烂枇杷说，你是不是想告密？

宝山说，滚！

宝山这天头痛得无法抑止，他看见整个院子在他眼前摇晃，天上有好几个血红的月亮。童小桥一直帮他按摩太阳穴，说，宝山你醒醒。宝山过了很久把眼睛睁开，说，我没事。

童小桥抱住他，宝山缓缓将她推开，说，你还是走吧，你别留在上海。

28

童小桥没走。唐仲泰却在一个阳光宣泄的日子里回来了。

唐仲泰没死，他看上去活得很好，他永远把自己打扮成新郎官的样子。那天，他走到火柴厂门口，怅然地往里头望了一眼，闻见熟悉的硫黄味以及干燥的火柴棍味，觉得物换星移，真是往事如烟。他盯着门房宝山笑了笑说，我带你去见一个你想见的人。

宝山说，你是想带我去见阎王。你们还死回来干什么？

周兰扣依旧坐在凯司令咖啡馆那个靠窗的位子，笑得跟去年的栀子花一样。宝山先是沉默了一会儿，接着就跟她讲，你哥没了。周兰扣于是收起了灿烂的笑，也沉默了一下，说，我知道，他被炸得什么也没留下。

宝山说，不，还有一条眼镜腿留下了。

接着宝山又说，既然你没死，那你就该好好活。你不要作死！

周兰扣说，我是想着要好好活一场，我舍不得死。

宝山冷笑了一声说，可你回来就是死路一条。

周兰扣和唐仲泰当初的确是上了太平轮，但是售出满员五百零八张船票，上船的却有一千多人。在排队上船的时候，就有许多人被纷乱而惶恐的人群挤落在水中。唐仲泰就是那个被挤落水的人，但是周兰扣游泳游得特别好。唐仲泰落水后，周兰扣随即也跳入了黄浦江中，将他救上了岸。那天，他们湿淋淋地站在码头上，望着渐渐远去的太平轮，死而复生的唐仲泰带着哭腔说，兰扣，我死也要同你死在一起。

这么长时间，你去了哪里？宝山接着问她。

你猜。周兰扣说完，将卡布奇诺杯子里的巧克力奶油一口气送进嘴里，她觉得很甜。

唐仲泰坐在另外一个卡座里，很长时间望着窗外发呆。他也想过要回去看一眼他的法定妻子童小桥，顺便看看唐公馆客厅的墙上，是不是挂了一张他的遗像。他认为遗像可能用镜框包着，顶上扎了一束黑布。

唐仲泰这么想着的时候，周兰扣让他去买一根新出锅的油条。她后来抓着那根油条，直接浸到咖啡杯里，像咖啡勺那样荡了荡，然后提起来喜滋滋地咬了一口说，宝山你要不要也试试？

宝山没笑，唐仲泰笑了。唐仲泰说，味道怎么样？

宝山坐在旁边只喝柠檬水，柠檬水很凉，把胃都给喝酸了。

周兰扣提出要住到宝山家里，宝山想了想答应了。来喜给她铺了床，还给周兰扣泡了童小桥送她的麦乳精，让她随便一点不要拘束，以后想住多久就住多久，就当是在自己家里一样。周兰扣说，可惜我哥始终一个人，连个嫂子都没有给我娶回家。从现在起，我就认你当嫂子。

夜里，周兰扣找宝山聊天，宝山陪她聊了很多。最后，周兰扣把所有的门和窗都关上，安安静静地说了四个字：反攻大陆。

宝山以为自己听错了。周兰扣却靠到椅背上，盯着他说，你放心，两年以后，毛森局长还会回来的，到时候你还是上海响当当的警察。共产党是兔子尾巴长不了。

宝山好像听见苏州河水拍岸的声音，很吵。他把门打开，让周兰扣抽香烟的烟雾散出去，然后说，睡吧，我明天还要去火柴厂门房值班的。

来喜这天夜里躺在床上一直没睡，她听见墙缝里有几只蛐蛐在叫，跟一群人在窃窃私语似的。她还知道周兰扣在天光还未亮时就起床，中间去了一趟洗手间，在里面待了很久。

来喜翻了个身，看了一眼床上的宝山，发现他睡得很好。

周兰扣是在第二天清晨离开宝山家的。走的时候，她几乎没有发出一点声音，却把整间房子收拾得干干净净，看上去就跟她根本没有来过这里一样。

乌镇路上很安静，周兰扣换了一双布鞋，二十多年来，她的脚步声从来没有这么轻过。在宝山家的洗手间，她已经把波浪形的长发给剪了，额前留着不怎么平整的刘海。身上那件质地不错的白衬衫，也被她换成了一件洗得很旧的粗布短褂。周兰扣想，就让自己是一个不折不扣的农村妇女吧。

周兰扣是民国二十八年加入军统的，那年她十九岁。从老家诸暨到了杭州，她在一次酒会上认识了毛森。毛森说，你哥是杭州仓前的警察学校毕业的，但你看上去素质不比他差。毛森让手下培训了周兰扣，并且在那次被日本人抓走之前，一下子留给了她两把手枪。毛森说，不用担心，我还会回来的。

那年，在新新公司当玻璃电台播音员，有一群小报记者抓住机会拦住周兰扣采访，问她，这么好的音色怎么不去考中央广播处？周兰扣笑成一盆弯腰的水仙，她告诉记者，中央广播处需要的政治身份是国民党党员，你看我哪里像了？那些记者从头到脚看她一遍，就跟商量过一样，齐声说，哪里都不像，一点也不像，周小姐是平头百姓中的牡丹。但是事实上，周兰扣的包里一直有着一枚国民党的党徽。这种事情，她从来不让周正龙知道，也还好没让他知道。

周兰扣这天在宝山家，还将包里的一瓶法国兰蔻香水一滴不剩地倒进了马桶。那时候，她毫不犹豫地按下冲水阀，眼睛一眨，只听见咕咚一声，即刻就什么都冲走了。不过她后来想想，这天被她冲走的其实还有很多，数都数不清。

位于杨浦区的杨树浦电厂是一家火力发电厂，三十多年前由英国商人投资创建，它的发电装机容量占上海总规模的百分之七十以上，堪称远东第一大电厂。周兰扣根据报纸上的一则食堂招工启事找到了这里。从黄包车上下来时，她提着个箱子，里面装了换洗的衣服和毛巾牙刷什么的。除此之外，她的肩膀上还挂了一个青花布包扎的褡裢。她看上去风尘仆仆，一双躲闪着路人的眼看起来没怎么见过世面。等到走进厂门后，她抬头怅惘地望向那截一百多米高的烟囱，看见那些直冲云层的浓烟时，整个人便觉得恍恍惚惚。

周兰扣之前对唐仲泰说，我考虑过了，咱们要换一种方式生活。唐仲泰听完了终归有点迟疑，主要是感觉舍不得她，他说，你真的想好了吗？周兰扣就把装了一层层物件的箱子给锁上，说，哪里也别去，你待在上海等我的消息。

十分钟后，在寻找发电厂行政楼办公室的途中，周兰扣碰见了三名工人纠察队的干部，其中一名是他们的队长。队长让周兰扣停下，盯着她满是灰尘的布鞋和粗布短褂看了一阵，说了五个字，去哪里？找谁？

周兰扣也不胆怯，放下箱子举着报纸说，跟你们几个打听一下，咱们这里食堂招人，我要过去报名该往哪里走？她还擦了一把汗，感叹发电厂怎么这么大，大得像一座迷宫，发出来的电是去了哪里？

队长把报纸收起，看都没看，反而望向她搁在地上的箱子，说，打开！

周兰扣眼神一飘，抬起手指梳理了一下不够整齐的刘海，她似乎预感到了什么。这时候，一辆小车加大油门冲进了发电厂，周兰扣犹疑着回头，看见司机猛地一脚刹车，车子在她不远处停下，冲出来的正是当年她哥在刑侦处的手下赵炳坤。周兰扣觉得不该发生的还是发生了，所以她没有犹豫，一把就抓起地上的箱子，可是她伸出去的手却被纠察队队长给牢牢地按住。

此时，周兰扣没有慌，她干脆飞起一脚，准确而凶狠地朝对方凌空踢了过去。与此同时，被她从肩膀上抖落的褡裢里，即刻掉出一把手枪，她在第一时间就稳稳地接住，所有动作干净利落，而且一气呵成。

周兰扣又在踢出去的那只脚落地时迅即转身，子弹毫不犹豫地射向朝她奔来的炳坤。

唐仲泰听见第一声清脆的枪响后便子弹一样奔进厂门，他就是那个乔装打扮送周兰扣过来的黄包车夫。刚才送周兰扣进厂，他没有急着离开，想看看她是不是有机会抓紧引爆藏在箱子里的定时炸弹，那么在炸毁发电设备后，他就可以第一时间带周兰扣神鬼不知地消失。

零星的枪声断断续续，将近响了二十分钟。周兰扣和唐仲泰相互配合，送出的子弹让炳坤和队长他们无法靠近。周兰扣相信，自己有机会冲出包围圈，保密局还为她在上海准备了好多条退路。

宝山是坐贺羽丰的车子赶过来的，下车时，他一步步迈向躲在窗格子后面的周兰扣。宝山早就没有枪了，只有两道起伏的目光，刀子一样盯向周兰扣。周兰扣朝他瞄准，说，宝山你再敢往前一步，我就废了你的另外一条腿。宝山却走得更快了，他指着自己的脑门说，最好往这里打。我再走近一点，省得你瞄不准。

周兰扣叫喊着，宝山你混蛋，你别以为我不敢！

宝山说，你敢的，这么多年，我知道你什么都敢。

周兰扣却一下子哭了，哭得很伤心，跟个孩子一样。但是她说话算话，最终还是毫不迟疑地扣动扳机。宝山看见一缕迅猛的风奔袭过来，然而子弹却越过他肩头，直接命中了跟在他身后的纠察队队长。不偏不倚，进弹点就在队长脑门正中的位置。

那一刻，穿透发电厂隆隆的机器声，宝山和周兰扣对视了很久。他们可能都想起曾经有一天，在外白渡桥上，下着美丽的太阳雨。那时候，周兰扣踩上铁桥栏杆，张开双臂说，宝山我要是就这样跳下去，会不会像一只鸟一样飞起？宝山于是感觉一阵晕眩，他从来没有告诉过周兰扣，自己其实是不会游泳的。一个不会游泳的警察，从小在苏州河边长大，这听起来就是一个笑话。

透过手枪的准星，周兰扣此时心里想的比宝山还要多。她甚至想跟宝山讲，自己昨天夜里在他家虽然只睡了一个钟头，但却睡得很舒心，感觉苏州河的河水听起来跟流在梦里一样。

周兰扣想到这里时，已经被射向她的第二颗子弹命中了脖子，之前的一颗带走了她的半片耳朵皮。子弹是绕到她身后的炳坤和贺羽丰几乎同时射出的。

周兰扣倒下了，没有来得及再看宝山一眼。

唐仲泰最后被逼进了一间厕所，那里栖息着很多肥硕的绿头苍蝇。苍蝇在迎接唐仲泰时，四处飞舞成加满了油的轰炸机。唐仲泰哪里也去不了了，他一屁股坐在脏兮兮的地上，举着手枪对宝山和炳坤喊，不许进来！

宝山于是很长时间站在门口，听见唐仲泰声泪俱下地说，太平轮沉了，火柴厂没了，周兰扣死了，童小桥也不会再管我了。他一直喋喋不休，还说，宝山你知道吗？我已经托朋友在台北买下了一个院子，院子里有两棵栗子树，长得很高。我原本准备以后就自己给周兰扣炒栗子，她肯定会喜欢。

说完唐仲泰笑了，好像他已经站在台北秋天里的那两棵栗子树下，树上长满了跟刺猬一样肥胖的栗子。他还记起了当初登上太平轮时被人挤落水中，周兰扣随即也跳入了黄浦江中，将他救上了岸。那天，他们湿淋淋地站在码头上，望着渐渐远去的太平轮，唐仲泰带着哭腔说，兰扣，我死也要同你死在一起。

　　这样想着，唐仲泰缓慢地托起枪管，顶住自己的太阳穴，让最后一颗子弹直接朝头颅里钻了进去。

　　宝山听见一声沉闷的枪响，就像一颗糖炒栗子，在滚烫的锅里冷不丁炸裂了开来。

29

周兰扣死的那天，宝山夜里一个人去了自己家的屋顶平台。鸽子笼里宝小山的脚边，有一根断掉的白线。他接着又去检查来喜装鸽子饲料的铁桶，最终在底下发现了一捆白线，还有几根可以塞情报的小圆筒。宝山完全印证了自己的猜测，他也明白，有关周兰扣的消息，是来喜用鸽子传递出去的。炳坤能第一时间赶到发电厂，是因为公安局接到消息后派人跟踪了周兰扣。

这时候，来喜已经站在他身边，宝山说，你加入共产党怎么不早点跟我讲？

来喜说，对不起，组织不同意那样，我们有我们的纪律。

现在都解放了，你还不能亮明身份吗？

既然上海还有特务，我们就需要有许多不能公开的战士。

宝山觉得来喜是对的，不然周兰扣去发电厂就没人会发现。

周兰扣的行动是"永夜计划"的重头戏，没有了电，上海将沉入永远的黑夜。

宝山对来喜的猜疑，最早是从那个诸暨姚公埠的表兄弟开始的，那人常给他们家带来年糕。那次在苏州河边的船上，宝山看见来喜跟表兄弟聊了很久，最后来喜接过那篮年糕时，还在篮子底下递给他一样东西。宝山那时原以为是来喜偷偷给老家送钞票，但表兄弟将那东西塞进口袋时，宝山才看清原来是一张白色的字条。来喜告诉他，那是之前的上海警委书记邵健，而她开始养鸽子并且学习如何训练它们，也是邵书记派人教的。

炳坤也是这天才知道了来喜的身份，之前他们属于不同的交通线。令他感到庆幸的是，自己送给宝山的那两只德国鸽，最终被来喜派上了大用场。他想，至少在鸽子这点上，自己和来喜始终有缘。

宝山几天后去医院检查身体，他觉得最近头痛越来越频繁了，另外，眼睛也不好使。来喜给他端来的馄饨，他经常看了很久也看不大清楚，只是一片模模糊糊粘在一起的面皮。他有点奇怪，难道自己还没到四十，眼睛就开始老花了？

医生给他拍了 X 光片，说这种机器能照见你每一根骨头。结束时，医生坐下，提着片子来来回回看得很仔细，然后说，有点麻烦。

宝山笑了，说还能有什么大麻烦，我这脑袋就是被人敲过两次。一次在乌镇桥，一次在龙江路。都是旧伤，你只要给我开点药。

药不一定有用。你不是伤痛，跟被人敲过没关系。是肿瘤，没法医。

不对，你搞错了。

不会错。脑肿瘤，晚期。所以你的视力现在也不行，已经影响到了视网膜。

那天，宝山终于生气了，他夺过医生手里晃来晃去的 X 光片说，你以为你这么胡闹，我就真的能被你吓倒了？老实跟你讲，一点可能性都没有。他还笑呵呵地问医生，那你说我还能活多久？我今天能走出你们医院大门吗？

乐观一点的话，你顶多还能再活三个月。医生扶了一下眼镜说，我是医生，你觉得我是在胡闹？

胡闹！宝山咆哮了一声，说，我干娘给我算过命，我能活到七十九。

30

张胜利突然消失了，一连几天没来公安局上班。他办公桌上的台历，停止在 10 月 21 日这一天，上面写了两个字，出差。此后就一直没有翻过去。

可是局里没有安排过张胜利出差。

10 月 27 日下午，炳坤带宝山去见了局长。局长说，张胜利有问题。

宝山叹了一口气，他后悔没有早点告诉炳坤，根据张胜利的表现，其实这人早有问题。宝山觉得对不起局里，他跟局长说，张胜利原名张仁贵，十多岁的时候离开上海，是我的兄弟。

对张胜利的搜捕很快以秘密的方式展开，整体行动由炳坤负责。

张胜利并没有离开上海。10 月 28 日傍晚，他带着公安人员的证件以检查安保的名义进入自来水厂，最终在正要投毒时被炳坤给堵住。那时候，张胜利有点茫然，夕阳西下，他看着炳坤厚厚的嘴唇说，怎么你也在这里？

炳坤没有理他，只是对身边的贺羽丰他们说，带走！

那天，宝山就坐在夕阳下的苏州河边。他不停地按摩头部，觉得在的确很模糊的视线里，河水似乎流得晕头转向。这时候，炳坤来接他。炳坤说，人抓到了，局长要你过去，协助我们审。

宝山仿佛整个人苏醒过来一般，头一下子变得不痛了。他看着河水里夕阳的倒影，问炳坤，会枪毙吗？

张胜利是保密局安插的特务，他的投毒物藏在随身携带的哈德门香烟里，整包香烟的烟丝被他掏出一截，塞进去的全是剧毒粉末。他说，因为郑春生和二郎山被抓，周兰扣功败垂成，自己又被宝山发现了在唐公馆的劣迹，于是担心潜伏在市公安局的时日不多，所以就行动得有点仓促。这次，他是想干完了自来水厂投毒这一票，从中捞点资本，然后趁机从舟山定海潜回台湾。

对张胜利的审讯由分管副局长亲自坐镇，副局长拿出一沓厚厚的材料，说，你隐瞒了那么多历史，当初是怎么混进济南市公安局的？在此之前你又是在国民党的哪个机构？

张胜利那天很平静，他从被逮捕那天开始就很平静了，他当过兵，知道败了就是败了。那天他看到宝山也被公安局请来了审讯现场，于是他想得更多的是两个人曾经的少年岁月。长久的沉默以后，宝山说，你以前在国民党七十二军的骑兵团，是不是？

张胜利想了想说，是。

宝山说，张仁贵你把衬衫给脱了。

张胜利脱了衬衫，肩膀上有一处很明显的枪伤。宝山说，这里是不是取出过一枚子弹？就在你们骑兵团的卫生队。

张胜利把头低下，说，没错，子弹被张静秋拿着，她是卫生队护理员，那时候很爱我。她说，要留着弹头，她做个纪念。

宝山深深吸了一口气，觉得整个人非常无力。他说，看来你一点都不值，你都还不如郝运来。

张胜利终于承认自己就是潜伏在上海的胭脂，他以前在国民党军某部七十二军骑兵团当连长，他喜欢的一匹马叫胭脂。保密局当初把他当作一枚重磅炸弹来培养，抹掉他很多经历，安插进济南市公安局，又顺利被抽调来上海。为了扫清他进入上海市公安局的绊脚石，保密局首先派人除掉了他当初的恋人张静秋，以及在他连队里当过排长的逃兵郑金权。而那个汤团太太被杀，是因为她当年去常德想给儿子收尸时，接待她的就是儿子的连长张胜利。那次探亲，汤团太太跟张胜利很聊得来，听说连长也是上海人，她就讲，回上海来家里坐，我住龙江路。

可是张胜利并不清楚这三个人是谁杀的，那是保密局不会对他透露的秘密，跟他接下去的潜伏也无关。他只知道在"永夜计划"的潜伏名单里，凶手的化名可能是"老根儿"。而幕后安排老根儿杀人的，同时也是张胜利的上线，代号是"水鬼"。

水鬼都是暗线联系，这人绝对不会轻易浮出水面。张胜利又说，我只负责潜伏下来，做隐藏在公安队伍的最隐秘的棋子，慢慢地，会有人向我靠拢。

水鬼用什么方法指令你？宝山听见局长问。

电台。也许是在上海，或者在舟山，也有可能在台湾。

张胜利最后把眼睛闭上，缓缓地说，我真不知道水鬼是谁，只知道那人老家在浙江，是毛人凤局长一手培植的。

枪毙张胜利的时候，宝山没有在场。但在干娘留给他的屋子里，他仿佛听见了一声枪响，非常近，震得他心惊肉跳。声音后来一直在回响，好像是藏进了苏州河的水里。

宝山一个人替张胜利收尸，炳坤要过来帮忙，宝山把他推开，说，你走。宝山将张胜利也埋在了息焉公墓，只是让他和干爹干娘的坟隔开了一段距离。那天，他也没有带上来喜，因为不愿让她肚里的孩子看见这一幕。他跪在干爹干娘的墓碑前，很长时间都不知道该怎么开口，他没法把张仁贵的事情跟两位老人讲清楚。那样想了好久，他很疲惫地把头抬起，看见这一大片公墓的拱形门楣上，有四个字写得很清晰：天堂入口。

但是宝山想，无论是张仁贵还是张胜利，其实这两个名字都没有资格进入天堂。

31

宝山10月28日回局里的时候，曾经见到过童小桥被没收的车子。那辆车就停在公安局大院一个偏僻的角落里，满身灰尘，引擎盖上都是落叶。他趴在车窗前往里面看，看见座位里留着老金没来得及拿走的手套和毛巾什么的。他问炳坤，钥匙呢？

炳坤说，车子贴了封条，你不能开走。

宝山说，我就进去坐坐。

几天后，宝山决定去看一下童小桥。他觉得她那样整天一个人待在家里，没病也会待出病来。

院子里晾晒着童小桥的一排旗袍，跟阳光下五光十色的旗帜一样。其中一件的胸口，绣了一朵梅花，中间钉了一颗纽扣，就是宝山第一次来唐公馆在童小桥皮箱里见过的那件。一排旗袍的边上，还挂了童小桥的一件红肚兜。肚兜可能从来没有穿过，看上去很新，颜色特别鲜艳。

这时候，有一阵细细的风吹来，旗袍和肚兜飘来荡去的，有这个季节的桂花香。

童小桥站在宝山边上说，都是一些女人的物件，你有什么好看的！

宝山回头，看见童小桥脸有点红，比较娇艳的那种。他说，张胜利已经枪毙了，他是保密局特务。

童小桥怔了一下，转头看着颤抖在风中的枇杷叶子，说，活该。然后她想着想着就笑了，觉得那些特务都是找死，包括唐仲泰。她说，现在唐仲泰和周兰扣都死踏实了，那我就做梦都要笑醒了。

宝山也是到这时候才知道，张胜利还从童小桥这里拿走了不少金条和钞票。用童小桥的话说，那就是个人渣。他还了解到，老金现在回老家开了一家饭馆，听说生意还不错。

接下去，宝山给童小桥烧了一碗牛肉面，里头加了两个鸡蛋。他把筷子递给童小桥说，趁热吃。

童小桥满脸幸福，看着他说，怎么你不一起吃？

宝山就说，我最近胃口不好，嘴巴有点淡。

童小桥夹起面条吃了一口，觉得味道很不错。宝山于是笑了笑，说，你是不是忘记了，其实今天是你生日。

童小桥听见这句，顿时把头低下去，很长时间都看着那碗面。面条里的热气熏蒸上来，把她那双眼睛也给熏湿了。她依旧低着头说，为什么你对我这么好？

宝山伸手拿走沾在童小桥旗袍上的一小片淡淡的棉絮，他视力不怎么好，刚才递给童小桥筷子的时候还以为是一根白色的线头。现在他看着童小桥说，你先把鸡蛋给吃了。

那天童小桥把面条吃完，一根也没剩。擦脸的时候，她却听见宝山说，你走吧，我送你回老家。

童小桥惊诧了一下，说，你是不是早就想好了？你今天是特意的，早知道这样，这碗长寿面我就不吃了。

我劝过你很多次，现在唐仲泰被证实是保密局特务，你就更不可以留在上海。

宝山说完，童小桥听见客厅里那口落地自鸣钟当的一声敲响，好像它跟宝山是商量过时间一样的。她拿着那条毛巾，木头一般立在原地，感觉眼角终于掉出一行泪。

1949年的秋天跟往年很不一样，空气中除了挥之不去的喜庆和热闹，还有寂静和安详。那次，宝山和童小桥换了好多趟长途汽车，汽车一直往南，像一只跳跃的蚂蚱，一路摇摆颠簸着靠近童小桥的家乡。将要到达浙江嵊县时，童小桥把头靠到宝山的肩膀上，她抱着那把带出上海的琵琶，感觉眼前的这座县城，开始有了一种忧伤的基调。

两人下车后，踏上一条铺满银杏叶的道路。道路一片金黄，却像河流一样漫长，足足有一里路。童小桥穿着那件梅花旗袍，和宝山一步步并肩走着，她甚至能听见银杏叶离开枝头的声音，缓慢而且清晰。宝山看见其中的一枚叶子，懒洋洋地飘落在童小桥的胸口，盖住那朵梅花后，就一直那样静静地躺着，似乎终于找到一铺心仪已久的床。

童小桥在嵊县崇仁镇已经没有了亲人，她以为自己走得失去了方向。宝山却找到了附近一个小院子的门口，在同样的银杏叶子下，童小桥看见一排稀疏的篱笆，院子里有一口水井，白铁皮水桶旁铺满了一地的阳光。阳光下有个清瘦的老太太，正在收拾里头空荡荡的屋子。宝山进去对她说，我就带了这些钞票，你看够不够一年的房租？

老太太很慈祥，说，其实不需要这么多。

童小桥这才知道，宝山已经来过这里，房子是他早就说好租下的。她看了一眼老太太，看见她对着阳光把眼睛眯成一条缝，然后盯着她的旗袍说，你是上海人吧？长得真好看，跟从画里走出来的一样。我真羡慕你这么年轻。

在童小桥的记忆里，那个静悄悄的崇仁镇的夜晚简直令她窒息。她和宝山睡同一铺床，夜里月光从窗外升起，两个人一句话也没有说，只能听见彼此的呼吸。童小桥后来把自己脱光，面对那样清瘦的月色，她一点也没有感觉到凉。可是等她在这柔软的暗夜中钻进毯子，靠近宝山并且伸手摸向他时，却感觉宝山只是抖了一下，然后就响起了细小的呼噜声。

这一切让童小桥很意外，她知道宝山的呼噜声是假的，但自己此刻温热的身体却是真实的。她眼睁睁看着潮湿的月光沿着窗栏攀爬进来，洒到地上跟一摊水一样。月光没过多久就变得格外汹涌，童小桥怎么也无法入睡，她只是听见宝山轻轻地翻了一个身，好像他已经睡得很香。

童小桥就是在这时候感觉到一股彻底的寒凉，从她的脚底升腾起，一直往上钻。她只好把自己抱紧，睁着眼睛等待天亮。

宝山第二天清晨一个人走在铺满银杏叶的路上，脚底全是露水。他那条不怎么方便的腿，有好几次差点滑倒。童小桥没有送他，她坐在屋子里，抱着那把琵琶，不知不觉间弹奏起的是一曲《十面埋伏》。她越弹越急，越来越用力，好像有太多的力气需要释放出去。宝山记得那些声音一路冲奔过来，追赶他走了很远，几乎震落下他头顶上更多的银杏叶片。

童小桥后来弹得气喘吁吁，她恍惚想起宝山第一次在唐公馆出现的那天，在屋里一片瘦小的阳光里，他身边是一只皮箱，他说，唐太太你看看是不是少了些什么？现在童小桥终于觉得，她其实是真的少了一样东西，那就是从此以后再也触碰不到的宝山。宝山临走前跟她说，谢谢你送给孩子的虎头鞋，还有那些红肚兜。

童小桥现在想，宝山这句话似乎说得意味深长。

32

来喜的肚子已经更加浑圆，宝山很兴奋，他知道自己很快就要当爹了，得抓紧给孩子准备点什么。

火柴厂里堆满了白杨木以及核桃木，在忙碌的生产车间，这些原木被推进不同的机器，随即被切割成一截一截细小的火柴梗。火柴梗又在另外的机器上走一遍，全都戴上含有氯酸钾、二氧化锰、硫黄和玻璃粉的小红帽，最后才成为火柴，被那些街道女工一把一把包装进四方的盒子里。

来喜那天看见宝山从厂里带回家很多碎木头。宝山笑嘻嘻的，一副神秘的样子。她以为宝山是拿来给她煤炉里生火用的，宝山却笑笑，说，过几天你就晓得了。

接下去，宝山又不知从哪里弄回来卷尺、锯子、平推刨、墨斗以及其他一些七七八八的工具，他让家里一下子成了个木工作坊。他整天抱着那些木头，横看一眼竖看一眼，直到看得心里满意为止。

宝山的第一件作品是一条小木凳。凳子靠背上加了两条木档，四条腿支撑起的凳面很平整，而且光滑。因为他用砂纸磨了好多天，经常是把头抬起时，眼里都是一些细碎的木屑粉尘。宝山不停地揉眼睛，来喜觉得他就跟掉眼泪一样。她说，等儿子出生了，让他去给你买眼药水。宝山说，不行，路上车那么多，我还怕他会摔跤。他只要一摔倒，头上肯定就是一个包，那我还得给他买紫药水。

　　他就喜滋滋地生活在这样的畅想中。

　　做完了小木凳，宝山又想做一匹小木马。小木马腿下的支撑板是弧形的，宝山想了想，对着来喜肚里的孩子说，那就跟没有长大的月亮一样，也跟荡来荡去的秋千一样。还有你看，小马的两只耳朵里会长出一根木棍，跟你娘做馄饨的擀面杖一样，你以后坐在上面啊，只用揪住它的耳朵，它就不敢让你摔倒。

　　木马做好的那天，宝山兴奋地搓搓手，让来喜坐上去试一试。他推了一下木马，随口叫了一声，驾！那时候来喜抬腿踢了他一脚，说你要是让我滚下来，那就连儿子也别想要。宝山即刻虎着一张脸说，不许胡闹，那你赶紧给我下来。

　　来喜说，看把你急的。宝山说，我怎么能不急？说完，他愣了一下，按了按又开始疯狂地疼痛起来的头，接着就不再说话了。

宝山的确有点急。第二天他就叫上炳坤和贺羽丰，三个人去了金坛，想要找老金。

老金的饭馆在金坛县城城南一条偏僻的弄堂里，宝山赶到时，炉子还是热的，锅里有一堆没有炒熟的豆苗。但是老金的人却不见了，整整一个晚上都没回来。

宝山让贺羽丰给炉子生火，他要把锅里的豆苗炒熟。

炳坤后来从饭馆酒缸里打出一些酒，三个人就着炒豆苗和一碟花生米，在离上海很远的金坛县喝了很长时间。

33

宝山一路赶去金坛是有原因的，那次他打开童小桥被没收在公安局里的车时，在车厢里发现了一包三炮台香烟。宝山于是很奇怪，因为老金一直不抽烟，而童小桥抽的又是细细的女士型香烟。这时，宝山想起一些事情，张静秋和郑金权被杀现场，都有三炮台香烟的烟灰。特别是张静秋的皮箱里，还有一根案发时掉落的头发，那根头发说长不长，说短也不短，宝山原以为是张静秋自己的。但法医的检测结果却表明，很有可能是凶手的。

宝山再次想起老金稀疏的长发时，差点被自己的念头吓住了。他后来在车上到处翻寻，最终在后备厢里发现了扔在那里的一件黑布长衫。宝山盯着那件裹成一团的长衫，觉得全身好像爬满了蚂蚁。他不会忘记自己在龙江路上被人砸晕的那次，眼睛闭上之前，见到的就是这么一件黑布长衫。

从金坛县回来，宝山脑子里就一直想着老金。他认为，老金既然从老家逃走，那肯定是回到了上海。他等待老金的出现，就像老金当初在唐公馆里等待他过去下棋。

时间到了这个月的中旬，老金的身影终于在虹口公园出现。那天，他棋瘾发作，想去公园里找人下棋，可是上海却突然下了一场来势凶猛的雨。老金提着一个布袋，仓皇间奔进一个亭子，人已经淋得跟个落汤鸡似的。他那些更加灰白的长发，挂在脸上一缕一缕的，往他肩头上滴下很多水。

乌云翻滚，电闪雷鸣。老金摸着黑魆魆的围栏坐下，恍惚是闯进了一场梦里。这时候，他终于发现，亭子那头的石桌旁，早就有一个沉默的男人。那人好像穿着一件风衣，领子高高地竖起。老金想，男人身上一滴雨水也没有，说明已经在这里纹丝不动坐了很久，所以看上去才像是一块深夜里的石头。但老金即刻愣了一下，又猛地站起，然后才在另一道闪电经过时如梦初醒。原来那块石头是宝山。

宝山对他缓缓地笑了，说，老金，你还是有这么重的棋瘾，但你已经很久没有找过我下棋。

老金站在雨幕的背景前笑了，嘴里那颗金牙一闪一闪的。他看一眼四周，确定除了宝山，到处都没有人影。他想，真是冤家路窄，于是就提着布袋走到石桌前说，这雨下得跟疯子一样，老天爷存心不让咱们两个回去，那就杀一局。

雨下得变本加厉，棋子从布袋中倒出，忽明忽暗的棋盘上转眼就杀得很凶险。宝山擅用马，老金擅用炮。双方都是剑拔弩张，步步紧逼。但是宝山头痛，渐感体力不支，这让老金在一路厮杀时削金断玉，最终炮口直指宝山。

眼看着就要鸣锣收兵，宝山却不慌不忙，掏出一包三炮台香烟。香烟已经拆开，里面早就少了两根。他点火抽了一口，忍不住咳嗽了一声说，味道真凶。

老金说，你以前不抽烟。

宝山说，我跟你一样，偶尔会在人家看不见的地方抽烟。

老金愣了一下，即刻盯向那包扔在桌上的烟，然后他听见宝山埋怨说，其实这烟有一股霉味，毕竟在车里存了差不多有一年。

老金一下子什么都懂了，脸色随即变青，他知道这么多年的棋被自己彻底下输了，输得一干二净。所以他提起扔在脚边的布袋，说，有机会再跟你下一局。

宝山按住他的手，说，别动！

老金即刻身子一提，一掌推了过去，带起一阵风。他的布袋里藏着袖珍手枪。

此刻，铺天盖地的雨使劲撞向两人头顶的亭子，亭子像是要在雨水中漂浮起来。但是老金却看见破败的雨幕中，突然冲出了炳坤和贺羽丰他们。两个人好像把雨水吃饱了，迎着劈头盖脸的雨稀里哗啦奔向亭子时，如同两条刚从河里蹦跳出来的鱼。

老金被戴上手铐，炳坤就要将他带走时，宝山说，等一下。

宝山发现老金的那粒金牙不见了。

原来金牙在老金装作用手掩着咳嗽时被他悄悄拔下，并且塞在了石桌的缝隙里，里头有一张字条，写了一串比蚊子还小的密码指令。

雨还是下个不停，被带走的老金心里空荡荡的，就像身后空空的凉亭。他后来跟宝山一起，回头看了一眼深陷在重重雨幕中的凉亭，依旧觉得这像一个虚无缥缈的梦境。

老金被宝山彻底锁定，是因为那根木棍。从车厢里找出那件黑布长衫的当天，宝山又去了一趟龙江路。在之前自己被击倒的那一片区域，他很幸运地发现了一根结实的四方木棍，上面还有一些陈旧的血迹。宝山将木棍带回，让局里原先的同事做了化验，果然就是他自己的血。然后，痕迹科开始采集木棍上的指纹，并且和那辆车上方向盘里能够取到的指纹进行比对，最终认定，其中有一组指纹完全相同。

公安局的审讯室里，老金始终一个字也没说。直到后来贺羽丰走到他身边，叫了他一声老根儿，他才仿佛一下子从梦中惊醒。

贺羽丰用十分地道的家乡方言问了老金一句，你以前是不是在我老家江山待过？

老金的眼里于是即刻晃过一片崇山峻岭，最终定格在一个遥远的乡村。他看见民国三十年的某个下午，自己在一段崎岖的山路上风尘仆仆。那天，他从军统局局长戴笠的车上下来，跟随他脚步深浅不一地踩进了一个烟雾缭绕的小镇。这里和戴局长的老家——江山县保安乡隔了一座山，一年四季，在清晨和夜里都隐藏在水汽迷蒙的浓雾之中。那条鹅肠一样的街道上，几百户人家拥有一百多个姓氏，其中也不乏跟他一样姓金的。

那天，在当地一个豪华的宅院里，戴笠亲自主持了东南办事处女特务训练班的开班仪式。在结束了一场简短的训话后，戴笠搅起老金的肩膀，说，金教官，我告诉你一个秘密，在我们江山方言里，金子的金是叫根儿，银圆的银是叫鹅儿，你姓金，所以我以后就叫你老根儿。

相信我没错，戴笠望着远处雾气蒙蒙的山峦说，等到训练班结束了，你以后走出这个屁股大的县城，天下没人知道什么才是老根儿。

老金一直很敬佩戴笠，他知道那时候重庆的军统局局本部译电室里，工作人员几乎清一色是局长的老乡江山人。他们之间交谈的每一句，旁人听在耳里就跟天书一样。电讯处处长魏大铭，被称为"戴笠的灵魂"，他说，这是上帝也无法破译的语言，会让全世界最天才的译电员面对它哭上一辈子。

老金在镇上待了将近一年，他给那些女学员的授课内容是暗杀。所以，在考虑除掉张静秋和郑金权他们时，保密局首先想到的人选就是他。

杀张静秋的那次，老金从窗口翻进去。杀人得手后，按照上头的指令，他又在房间里找了很久，最终在那只皮箱的相册里发现了张静秋跟张胜利的一张合照。照片里，两个人在卫生队的阳光下依偎得很紧。

所有的任务完成，老金拆开带来的一整包三炮台香烟，抽了一支烟叼在嘴上点燃了，并且深深地吸了一口。他知道这样的人命案警察局很有可能会让刑侦处的神探陈宝山接手，所以就故意留下一截烟灰，给宝山造成凶手是烟枪的假象。

老金又从窗口离去，身上带着的那张照片，出了弄堂没多久就把它给烧了。

但是事实上，老金一口气杀了三个人，却并不了解上峰指令他杀人的原因。他很清楚组织的风格，所以类似这样的事情自己从来不会去问。

对老金来说，杀人仅仅是杀人。

34

宝山依旧回街道火柴厂的门房上班，其间他给儿子又做了一件木工：一辆小汽车。

那辆车子做得特别长，有八个车轮六扇车门。等车子做好，他把那只叫宝小山的鸽子抱到副驾驶位子上，指着小小的方向盘，跟来喜开玩笑说，我腿不好，以后就让炳坤来当司机。儿子坐他边上，让他看着炳坤叔叔是怎么把车开走的。他要看清楚离合器在哪里，油门在哪里，还有加挡是怎么加。这样子下来，不用过几年，儿子就自己学会开车了。

宝小山站在那个狭长的位子里，转动着脑袋，咕咕咕地叫唤着，看一眼宝山，又看一眼来喜。

宝山又告诉来喜，你以后坐车上记住手要护牢儿子的，因为炳坤说不定会刹车。以后上海街道上各种各样的车子会越来越多，交警总队也不一定管得过来，所以临时刹车是常有的事。说完，他就突然推了一把宝小山，让它从座位上掉了下去。他说，看到没？你不护牢儿子，他说不定就把下巴都给磕破了。

这时候来喜忽然想起什么，她说，那你坐在哪里？

宝山却没有听见，他拍了一下脑袋说，你看我这记性，连车灯都忘记装了，这以后夜里还怎么开车！

事实上宝山已经开始担心，他有可能真的得了脑肿瘤。他前两天换了一家医院检查，医生没有告诉他结果，只是说，你先回去吧。

这天夜里炳坤过来找他，通知他局里已经开过会，这么好的刑侦人才，局长同意让他回去，刑侦处的位子还给他保留着。炳坤还将宝山交给局里的那把枪还给了他，说，上次留用人员名单中没有你，完全就是因为张胜利在做手脚。他不希望你留在局里。

宝山抚摸着那把枪想了很久，目光停落在那片月色里，最后说，别给局里添麻烦了，我在火柴厂挺好。以后有什么事情，我作为公安顾问，照样搭把手。

远在台湾的国民党保密局一刻也没有忘记上海，除了"永夜计划"，这一年被誉为"天字特号"的刺杀案，针对的目标是上海市市长陈毅。计划的执行者，是毛森当初在日本人监狱中，指令其去干掉军统叛徒李开峰的刘全德。11月9日夜晚，潜伏回上海的第七天，传说中开枪百发百中的刘全德，在山西南路一间屋子的二楼被上海市公安局生擒。

许许多多的敌特案件交织在一起。10月份开始，台湾过来的飞机隔三岔五地光临上海领空，炸毁桥梁、车站、码头及工厂后逃之夭夭。因为还没有空军力量，上海方面对这样的偷袭轰炸暂时难以防范。但是炳坤他们也清楚，上海一些隐蔽的角落里，肯定有许多电台在和台湾保持着联系，他们告知台湾方面上海的情况，指引飞机轰炸的目标。

炳坤有一次坐在公安局电台测向监听车里，搜寻那些可疑电台的信号。在南京路上，他看见宝山一个人走进了永安百货大楼。炳坤让司机把车停下，上去叫住宝山。宝山笑得有点不自然，说出来随便逛逛，然后又说想买一盒蜡笔，等儿子出生后，让他把家门口的苏州河给画下来。

那是宝山第一次见到局里的电台监听车，望着车顶转来转去的天线，他觉得很新奇，也很欣喜。他说，炳坤，你现在出息了，查案子都这么高级。

炳坤说，晚上要不要聚一聚？

宝山说不可以，晚上他在火柴厂值夜班，那里的安全遗书里还提到了炳坤，他说，炳坤，来喜和苏州河以后就托付给你了，有你照顾他们，我一百个放心。我死后，麻烦你替我收尸，我希望能葬在周正龙的身边，这样我们两个就还是在一起。上海还有很多特务，我和周处长在那边看着你……

宝山的这份遗书，字写得歪歪扭扭，让人想起他在提起钢笔时是花了多少的力气，可能整个身子都在颤抖。

这天夜里，来喜和炳坤替宝山守灵。宝山身边点了很多蜡烛，将他的一张脸映照得很红。蜡烛旁摆了宝山自杀时的手枪，炳坤之前已经从苏州河里捞起。枪就是当时的局长俞叔平送他的那把，编号对应宝山的警号，0093。

晚上11点，上海人民广播电台播放了一首歌曲，炳坤那时听着非常熟悉。

夜留下一片寂寞

世上只有我们两个

我望着你　你望着我

千言万语变作沉默

我们走着迷失了方向

尽在岸堤　河边彷徨

也不能掉以轻心。他将炳坤送到车前，替他把车门打开，说不管怎样，以后办案子还是要多注意安全。然后他一直站在街口，目送着炳坤他们离去。他还看见车顶的那个天线，转得跟电扇的风叶一样。

那天车子开出去很远，炳坤依旧在后视镜里看着孤零零的宝山。宝山站在繁华的南京路街头，风将他的头发吹起，他的身影有点萧瑟。

宝山这天去永安百货，其实是为了给来喜买一台新的电吹风。之前的电吹风太旧，声音也很响，当然最主要的是，宝山担心它以后会漏电。这样的事情，他简直连想都不敢想。

营业员给宝山介绍了三款电吹风，宝山在柜台前挑来挑去，最后摸出火柴厂刚发来的工资说，同志，你就给我一台最贵的。

宝山抱着新买的电吹风回家，走到半路上头又痛起来，而且感觉眼前的整条街道越来越糊，跟来喜用开水泡开童小桥送来的那份阿胶浆一样。他想必须走得慢一点，要沿着街边走。但走着走着，就听见额头上突然嘭的一声。他夹紧电吹风，抬起另外一只手摸了摸，原来是自己撞到了乌镇路上的那根电线杆。

35

宝山被查出脑肿瘤的第八十五天，炳坤来火柴厂门房找他，说监听车在徐汇区漕河泾港附近发现不明电台信号。但是试了很多次，信号最终在关键时候消失了，对方发报时间非常短，时间点也没有规律。炳坤还把那一带的方位图翻出来给他看，说，我选了三个区域，一处建筑工地，一家榨油厂，一家副食品商店，你帮我看看是不是合适。宝山认真地浏览着那张方位图，最后，他重重地点了一下头。

炳坤那天离开了火柴厂，在火柴厂门口，他让手下待命的公安侦察员随即开始摸查这三个区域。在他们离开火柴厂没多久，宝山突然抓住厂里的一个年轻人替他的班，然后一瘸一瘸地开始了一场狂奔。

宝山的头发高高地扬了起来，有好几次他差点撞上迎面而来的汽车。他觉得自己很热，整个身体里灌满了沸腾的热水。他眼睛里的景物，开始变得虚幻、漂浮，汗水已经沾满了他的整个身体。这时候，他闻到了漕河泾的空气中这个季节里迟开的桂花气息。终于在他自己粗重的喘息声里，看到了一家叫作惠民的轧棉厂，单调而聒噪的声音从那里面传出来。宝山看到狭小的厂子里机器声隆隆，工人们忙着把拆包的籽棉烘干清花后再轧出棉纤维。宝山冲了进去，喘着粗气停在一堆棉花旁。轰鸣的机器中，他看见空中到处飘飞着棉絮，跟冬天里一片一片的雪花一样，十分轻柔。然后，他看到了架在左边墙上的一架木楼梯。

就在宝山想要冲上楼梯的时候，他看到了拎着一只皮箱正要匆匆下楼的童小桥，而令宝山绝望的是，他的身后，突然有一辆吉普车停在了轧棉厂门口，下来的是贺羽丰和两名公安侦察员。贺羽丰清晰地记得，是炳坤突然改变了摸排方向，他的手指头按住了方位图上的轧棉厂标记，对贺羽丰说，这儿先去，如果没有情况，再去其他三处摸排。

宝山看到走下一半楼梯的童小桥，朝着自己很淡地笑了一下。于是，宝山的耳边就急促地响起了童小桥在他离开嵊县时弹奏起的《十面埋伏》。此时，他无法忘记童小桥生日那天，自己从她旗袍上摘去的，也是那样一小片柳絮一样的棉花。他之前还跟贺羽丰聊过一次老金，知道在他们江山老家，方言里的水鬼除了叫浴鬼，还有另外一种叫法是红肚兜。因为在当地人的传说里，水鬼其实都是十分妖艳的女子，她们在浮出雾气蒙蒙的水面时，白里透红的身上只穿一件红肚兜，这样才能引诱村里的男人下水。而等到男人游向水中间，已经躲到水底的红肚兜就扯住他一双脚，很轻易地把他给拽了下去。

宝山知道，童小桥选择轧棉厂作为发报地点和据点，是希望轧棉机巨大的声音将她发报时的嘀嘀声给盖住。

时间仿佛就在此刻停止了，童小桥看见宝山的衬衫全是湿的。他不停地喘着气，像一头累坏的公牛。

终于，宝山说，你为什么要回来?！你不该回来！

童小桥不响。冬天已经很深重，童小桥却只穿了一件梅花旗袍。她安静地站在楼梯中间，宝山看到那颗花瓣中间的纽扣，安详得如同一粒美人痣。

这时候，贺羽丰走到了宝山的身后，宝山对童小桥说，他可能是你老乡，他是来找水鬼的。你就是水鬼。

童小桥淡淡地说，现在说这些，一点都不重要了。

那什么才是重要的?

重要的是这辈子碰到什么人。碰到什么人你就会走什么路。童小桥说，人都是这样，一辈子做什么事情，是因为前面有人带着。老乡带老乡，同学带同学。

童小桥真正的老家并不是在嵊县的廿八都，而是江山的廿八都，就是老金在那里待过的镇子，离戴笠的老家保安乡只隔了一座山。江山廿八都有一条枫溪河，光绪十七年时河上建了座石拱桥，当地人叫作水安桥。童小桥的母亲喜欢在水安桥上的廊亭里织布，看那些在亭角筑巢的燕子飞回来给一群叽叽喳喳的孩子喂食，所以生下她的时候就叫她小桥。

廿八都离戴笠的老家保安乡很近，连接浙闽赣三省，来往的商人很多，也是个美女云集的地方。不过这个镇上女人最多的时候是在民国三十年，那年，军统局从各地召集过来的女子，在石板街上跑来跑去，跟一群燕子一样。军统女特务训练班开班的那天，戴笠带童小桥从镇上买了个皮箱，两个人后来一起踏进了那座飞檐翘角的姜姓人家宅院，宅子的主人是当时的吉林省财政厅厅长。而这座宅子，就是被临时用来办训练班的。

童小桥在特训班里很出色，当教官的老金认为她是一棵好苗子。她可以双枪连发，还跟特训班里一个国民党军师长的女儿学了一点柔道。在发报机前，童小桥的发报速度是每分钟一百零四个字。

那天的后来，童小桥的目光落在宝山身后的贺羽丰身上，说，小老乡，我是被带上了这条路，怎么你走的却是另外一条？

贺羽丰说，因为我碰到了另外的人。

童小桥笑了，说，所以你的运气比我好。不过我还是替你感到高兴。她又问宝山，你觉得你是由谁带着？宝山想了想，最后很确定地说，带我的人应该是周正龙。

后来，童小桥站在楼梯上给自己点了一根烟，她看到两名公安侦察员举着手铐向她一步步走来。于是在烟雾中，她再次深情地冲宝山笑了一下。然后她突然扯下胸前那枚纽扣，并且塞进嘴里使劲咬了一口。贺羽丰冲上去，想要将她的嘴掰开，但显然已经迟了。宝山看见她渐渐把眼睛闭上，嘴角很平静地淌出一缕血。

童小桥贴着楼梯边那堵墙，身子慢慢委顿了下去。最后，她无力地坐到楼梯板上，像枝头一朵终于凋谢下来的梅花。这时候，炳坤也带着人匆匆地赶到了轧棉厂，他看到两名侦察员把绵软的童小桥抬上了车。炳坤于是站到了宝山的身边说，师父。

宝山说，你怎么知道会是在轧棉厂？

炳坤说，因为你在看方位图的时候，目光在惠民轧棉厂停留了至少两秒。

宝山的心里就不由得哀鸣了一声，终于说，你满师了。

当晚的案情汇报会上，炳坤告诉局长，已经确定童小桥是水鬼，她给周兰扣和唐仲泰下达指令，也给代号为胭脂的张胜利下达指令。但有趣的是，根据掌握的资料证实，这三拨人其实相互之间都不知道彼此的身份，而且水鬼的身份在任何情况下都不能暴露。而唯一能够将他们连接在一起的，就是穿梭在上海夜空中的电台摩斯码。炳坤感叹说，这真是一种听起来很奇怪的特工手段。这种方式能让亲人变成陌生人，仇人变成友人，也能让近在眼前的人变得远在天边，就好像他们是被蒙上了双眼，一直摸瞎着行走在永不见天光的黑夜里。

36

1950年的春天还在赶往上海的路上，但宝山那天回家，在他曾经埋下糖炒栗子的苏州河边，之前那片雪地的位置上，竟然发现了一株娇小的栗子树苗。

树苗只有豆芽那么大，在宝山的眼里晃来晃去。宝山知道炒熟的板栗是不可能长出苗来的，但是眼前的栗子苗又让他感到不可思议。这似乎是一个神奇的季节，宝山觉得可能连脚下的石子也会发芽。他就那么守着，给栗子苗加了一点土，还跪下身子浇灌了一些苏州河的河水。他紧紧盯着树苗，一刻也不放松。直到脑袋轰的一声好像从里面炸开了，他才两眼一黑，终于栽倒在了河边。

第二天下午，宝山靠在屋顶平台的藤椅上，脑袋一点都不痛，只是感觉冷。他在发高烧，身子却冷得令他发慌，冷得跟靠在冰山上一样。雨下得很细，飘在他脸上，他看见整条苏州河都湿了。

来喜给宝山盖了两床被子，最后又把新买的电吹风给打开。电吹风呼呼地叫着，宝山想，是时候给孩子取个名字了。他对来喜说，你去把炳坤叫来，让他送我去医院。

来喜挺着肚子，叫了辆黄包车急匆匆赶去公安局。看到来喜出门后，宝山从楼顶扶着楼梯下来，一步步走去衣柜里寻找自己以前的警服和警帽。这时候，家中的收音机里，上海解放那天新成立的中波频率为990的上海人民广播电台，正在播送全国人民在党中央领导下，抓好各项生产建设，准备迎接新中国第一个春天来临的新闻。

炳坤赶到宝山家门口后把车停下，都没有熄火。他冲进屋子，找遍了每一个房间，却再也没有见到宝山。这时候，等候在一楼的来喜听见了一声枪响，就在她身后不远的苏州河里。而几乎在枪响的同时，肚里的孩子也踢了她一脚。

据乌镇路上的居民回忆，那天差不多是傍晚5点钟光景，宝山一个人走下了苏州河。他懵懵懂懂的，越走越远，直到河水漫上了脖子，他整个人就要漂浮起来。邻居们知道宝山是不会游泳的，他在落雨天的这个时候穿了鞋子下水，真是有点让人捉摸不透。宝山最后蹲下身子慢慢沉了下去，好像是要试一试水深，但是没过多久，水底就啪的一声传来了枪响。

枪声很闷，也很脆。子弹是宝山把枪口顶在下巴上，朝天发射的，携带着河水和宝山的血水，像一股扎实的喷泉那样冲天而起，直接奔向了辽阔的空中。在邻居们的记忆里，这天傍晚的苏州河像是下了一场红色的雨。河水泛着宝山的血，让人触目惊心。

宝山的尸体后来在水中浮沉，一路摇摇摆摆，被冲向外白渡桥的方向。他的警服被他摆在岸边，叠得非常整齐。那是民国三十六年警察局发的一套冬季礼服，黑色，中间一排铜扣子，总共有五颗。胸前有一条金色的绶带，从第二颗铜扣子下牵出，一直挂到右手边的腰上。他的警帽也摆得很端正，警徽上有一只伸展开来的鸽子，让人觉得它就要拍拍翅膀飞走。

来喜倒在地上，昏过去很久。她是在当天夜里醒来后，才发现了宝山摆在鸽子笼前的病历单，病历单上写得很清楚：脑肿瘤，晚期。

医生诊断结果接下去的一页，宝山留了一份遗书。他说，来喜，孩子不用随我姓，他跟着你一起姓苏。要不就叫苏州河吧，这名字很好记。

苏州河以后不用当警察，当警察辛苦。

不知是世界离弃我们

还是我们把它遗忘

······

　　1950年2月4日，宝山离开人世，享年三十八岁。自从医院给他查出脑肿瘤，他一共活了一百一十七天，比医生给出的预期多活了二十七天。

37

老金在五天后被送往了刑场。那天是腊月二十三，传统的小年夜。离开监狱前，他在冰凉的囚室里发了一小会儿呆，主要是简单回顾了一下他的人生。那天他让狱警给他准备了两道菜，冬笋炒咸白菜和酱烧排骨。他说一荤一素，这样搭配着比较好。寒意逼人的天气里，两道菜很快就凉了，他突然觉得，对他来说这最后的两道菜，就相当于是"人间"的意思。很快就要告别了，他举起筷子艰难而机械地把排骨往嘴里送。老金这天没有喝酒，倒是很想让宝山跟他下一盘棋。也不知为何，他此时很想念宝山。他想起那次在龙江路上，自己提起木棍狠狠地砸向一路追赶他的宝山。宝山倒下，他拔出袖珍手枪，想就此结果了这个一直以来的对手。但那时候童小桥抬手一挡，子弹于是落在了宝山的小腿肚上。童小桥说，别把事情做得太绝，人在做，天在看。

老金说，我是怕你以后会后悔。

童小桥后来将受伤的宝山送进了一间黑屋子里，她还给宝山做馄饨。但是童小桥在下厨方面实在是能力有限，所以她做的馄饨面皮很不均匀，一只只馄饨东倒西歪的，跟来喜的手艺没得比。

现在，五花大绑的老金站在刑场上，风吹得很紧，他凌乱而枯燥的头发被风吹得东倒西歪。当他抬头望向冰凉而阴沉的天空时，猜想童小桥此时正在轧棉厂二楼的那间屋子里给台湾的毛森发报。但他那里知道，童小桥其实走得比他还早。

下午3点，老金舔了一下干燥欲裂的嘴唇，再一次抬头看看灰色的天空。这时候他听见身后的行刑人员拉动起枪栓，金属坚硬的声音仿佛是在催促他的行程。他打了一个饱嗝，昂头望向这天的西北风，想让风将他的长发吹到耳根后，不要遮住他的一双眼。但就在此时，一颗子弹已经毫不犹豫地钻进了他的身体。

38

1950年的清明节，来喜怀里抱着苏州河去给宝山扫墓，是炳坤开车送她去的。那天没有下雨，可能是觉得这个世界太新鲜，襁褓里的苏州河把一双眼睛睁得老大。她看见母亲来喜的脸上，那些兴奋的阳光一跳一跳的，像是一只只生动而透明的蚂蚱。

苏州河没有如宝山之愿是个儿子，而是个很乖的女孩，睫毛很长，一张脸红彤彤的，非常好看。炳坤觉得，她就跟杨柳青年画里的娃娃一样。

那天，在宝山的墓前，炳坤跟来喜商量说，你回来吧，我会跟亲生父亲一样，照顾苏州河一辈子。来喜沉默了一会，给宝山倒了一杯酒，看着那块新鲜的墓碑说，你让我想想清爽。这时，贺羽丰匆匆赶了过来，他给宝山带来了两只葱油饼。葱油饼很香，让躲在来喜怀里的苏州河一直歪着脑袋很奇怪地望着。

贺羽丰告诉炳坤，赫德路上开牙科诊所的丁医生，上星期见到了以前每个礼拜三去找张静秋的那个男人。那男人住在一家旅馆，行动怪异，有很多疑点，他们怀疑和台湾最近派来的一个行动小组有关，行动目标是要刺杀首长。我反特科潜伏在他们中间的人员叫陈开来，代号"断桥"，他已经从隐身的七宝镇上偷偷回了一次市局，向上级汇报了对方的行动计划。

炳坤正了正头顶的帽子，深深地看了来喜和苏州河一眼，并且对宝山的墓碑敬了一个礼。然后他转身对贺羽丰说，走！

2019年3月21日23：43　初稿

2019年5月20日23：42　第二稿

2019年10月1日15：37　第三稿

2020年2月10日04：20　第四稿

2020年7月23日03：08　第五稿

2021年1月2日18：55　定稿

外一篇　走马灯

开场

陈宝山去世那年冬春，左书令来到了她的十九岁。那时候左书令的父亲在苏州河边的淮安路上开一家左记灯笼铺，并且教会了左书令扎灯笼。左书令喜欢扎灯笼，也喜欢长久地坐在桌前，一声不响地看那些纸糊的灯笼在眼前晃荡。她寡淡得如同白开水的生活中，只有灯笼，没有爱情。但是她很美，像一张素笺一样白净。左书令记得，陈宝山从她手中买走第一盏灯笼时，穿着一件深灰的风衣。灯笼骨架上糊的是白身子纸，有着浅粉红的颜色，上面画着一条淡绛色的龙。灯笼点亮的时候，透出一波波的光，让龙也变得生动起来。仿佛它回到了海里。

左书令知道陈宝山以前是警察，而且是市警察局刑侦处有名的探长，破过很多凶案，但是却一直没有职务上的升迁。他的老婆苏来喜喜欢挺着一个硕大的肚子，在离家不远的苏州河边走来走去，仿佛她是在看管一条河流。陈宝山那天从左书令手中接过灯笼，提着一盏微光，走上了回家的路。在苏州河边走着的时候，能看到微光下影影绰绰的河水。陈宝山不会游泳，他觉得幽暗的河流充满了秘密，而河边堆满了垃圾和杂物，以及各种各样的错误。

1949 年的冬天，陈宝山好像病得有些厉害。旧警察甄别工作开始以后，他没有被人民政府公安局留用，而是去仲泰火柴厂当了一名门房。他偶尔经过左记灯笼铺的时候，会停下来在店铺里坐一歇。他叫左书令小姑娘，说小姑娘你同我一样，不爱讲话。左书令笑一笑，手中不停地用篾片扎着灯笼架，仍然不响。立冬前后那几天，陈宝山从瑞金医院回来，照例在她这儿坐一歇。他刚刚坐下，店门外讨厌的雨水就开始绵密起来，他们就望着门外帘布一样的雨说话。雨声很响，陈宝山就在雨声里也很响地说话。陈宝山好像特别喜欢说话，他说起以前的旧事，说完了会加一句，你听见了没有。左书令就笑笑，说听见了的呀，你说的旧事像一场梦一样。陈宝山心里就咯噔了一下，突然觉得左书令虽然不爱讲话，但是一旦讲话，会让人觉得她讲到心坎里去了。那天陈宝山看到左书令在扎的灯笼，就问这是什么灯笼。左书令说，这叫走马灯。灯笼点起来的时候，那匹灯笼上画着的马，或者飞燕，或者一个夜奔的女人，就会缓慢地转动起来。那天黄昏，陈宝山提着走马灯踏上回家的路，黄黄的光晕映照着走马灯上的图案。那些图案在不停地转动，于是陈宝山仿佛看到了自己的一生。

直到1950年2月4日，刚好是立春，陈宝山突然在河里结束了生命。就像虽然是立春，但冬天却好像进行得如火如荼一样。左书令那天看到苏州河边围着一圈穿着臃肿的人，她没有靠近，但是她远远地听到了，人群中有人在讲不会游泳的警察陈宝山走向了苏州河，而且他用枪抵在自己的下颌，朝天开了一枪。那把枪是以前的警察局长俞叔平送给他的，但送给他并不是为了让他自杀。子弹洞穿并且掀起了他的天灵盖。就在众声喧哗的时候，左书令转过身离开了人群。她留给苏州河一个背影。

左书令的父亲死于两个多月以后，那是一场在春天里忘乎所以的醉酒。那天他迈着东倒西歪的脚步，回家的路上，倒在了丰沛富足的雨水里，俯卧在一片马路的水洼上。父亲的脸紧贴着路面，仿佛马路的一部分。他的衣服因为雨水的浸泡，鼓了起来，很像是漂浮在海面上。左书令得到父亲醉死的消息，赶往离家不远的那条马路时，看到了路灯下的父亲，那么陌生。很久她都没有走近。她突然发现，许多的人事，她是不愿意靠近的。接着，在初夏的一个黄昏，一场大火光顾了左记灯笼铺，所有挂在墙上的，安放在货架上的灯笼开始同时燃烧，照亮了整条弄堂的夜空。左书令也是站得远远的，看着那些兴奋的火苗，她脸上浮现着一种平静的笑容。火光映红了她的半边身子，也让她半边的身子变得暖和，而另半边身子始终被初夏的风吹拂。救火会匆忙赶来的消防水龙头，最终扑灭了这场大火。每个消防员的脸上都显现着疲惫，只有左书令神清气爽，有邻居问她，阿壁小囡，以后你怎么办？

左书令只是笑了一下，一声不响。她后来消失在苏州河一带，没人知道她去了哪儿，而左记灯笼铺也成了一片废墟。第二年的春天，上海松江七堡镇的一座叫明真的道观边上，桃花已经开得十分灿烂。有人看到过左书令，说她成了一名女道士，说她站在离一条小河和一树桃花适当的距离。看上去似在人间，又仿佛不是在人间。

左书令记得最清爽的是，陈宝山每次路过她的左记灯笼铺时，坐在她的身边语速平稳地讲起一堆旧事。这样的旧事，如影随形伴随着这位深居简出的女道士一生。

壹

十岁的陈宝山，有一大把的时光和祖父陈静安一起度过。那时候他和父亲以及祖父三个男人，还住在赫德路55弄。祖母得了一场急性肝病死了以后，陈静安又娶了续弦胡氏。只过了八年，胡氏也撒手西去。自此陈静安不愿再娶，而是安心地当自己的警察。他觉得自己没有老婆命。

陈静安喜欢在一把躺椅上晒月亮。他退休了。以前陈静安当警察的时候，还是晚清，他记得很清爽的，那是在光绪二十三年，也就是1897年的秋天，他成了当时上海最早的六十六名巡捕之一。这些都是陈静安晒月亮的时候说的，他一边大笑，一边给孙子陈宝山吹牛皮，讲他当警察的第十三年，有个叫汪精卫的，刺杀过摄政王载沣，差一点被他亲自逮捕了。那时候陈宝山很相信这一切，觉得警察大概就应该是这样子。但宝山一直搞不懂，陈静安为什么喜欢晒月亮，而不是晒太阳。大概是因为他觉得晒月亮的时候，适合回忆往事。特别是在夏天的时候，他躺在躺椅上，弄堂里的风就轻易地穿过他晒瘪了的鱼干一样的身体。

宝山陪着陈静安，十分安静地乘凉。那时候宝山父亲陈嘉定在警察分局上班，很忙的样子。所以有时候等他下了班，会看到一老一少两个人，还坐在家门口乘凉。他们乘凉乘得从容而专业，仿佛全世界的乘凉都没法跟他们比。陈静安在乘凉的时候，主要做两件事。一件事是不停地当宝山的面骂陈嘉定，他说像你爹这样的人，是当不好警察的。他不是当警察的料，但你是的。宝山讲，为什么我是的，而我爹不是的。陈静安讲，因为你安静，安静的人会思考。陈静安的另一件事，主要是给孙子讲他自己的父亲，就是宝山的太爷爷曾经在清廷的巡防保甲局里做事。那时候还不叫警察，但是杠的话，和后来的警察是大差不差的。

　　所以说，咱们家是警察世家。陈静安斩钉截铁地说。

　　陈静安给孙子宝山讲了无数的往事，也晒了数不清的月亮，都晒得陈宝山的皮肤好像也变成了银色。祖孙两人边晒月亮，边说话，一直晒到陈嘉定的离世。宝山的父亲陈嘉定毕业于震旦学院法学院，入职在警察署第三分署司法科。但因为陈嘉定做人过于正直，即使在"花国总理"王莲英被杀案的侦破中发挥了重要作用，仍然被排挤在外。升职嘉奖几乎都没有他的份，仿佛他不是办案的警察，仿佛他只是警犬。

宝山的妈妈叫白雪见。陈嘉定很喜欢她，像宠一个女儿那样地宠，但她是个半哑的人。她其实能讲话，但只能发出几个简单的音节，这大概也是她的儿子陈宝山不爱说话的原因，母亲不太同他说话。白雪见一直很悲伤，她喜欢悲伤地站在苏州河边，悲伤地看各种货运船的往来。苏州河上很热闹，河上有船只不知疲倦地来回穿梭，甚至还有夜航船。陈宝山一直想要走近母亲，但是走不近，这让他特别地羡慕他的小伙伴张仁贵。隐隐约约听说，白雪见长得太漂亮，虽然是个哑女，但还是有好多人欢喜她的。以前有一个流氓抛弃过她，她大概是受了刺激，于是恍惚地在大街上没有目的地走，最后被街头执勤的陈嘉定带回了第三分署。白雪见后来想要嫁给他，是因为陈嘉定给她买了一碗馄饨。那天她披的是陈嘉定的大衣，那个流氓以前同她说过，披了谁的衣，就是谁的人了。现在，她又披起了陈嘉定的衣。她冲发呆的陈嘉定笑了一下，用手理了一下鬓边垂下的一缕头发，含混不清地说，我要同你回家。

但是有一天白雪见抛夫别子，突然不见了。陈嘉定的床上，放着一件折叠得整整齐齐的大衣。有人说她是跟一个开船的人去了苏州，从此不再回来了。有人讲她掉到了苏州河里，被河水冲走了。陈嘉定自己到供职的第三分署去报了个案，希望增强警力寻找他一直宠爱着的白雪见。但是局里只是佯装着发了几个告示后，以警力有限为由，再也没有动作。那段时间，陈嘉定像一条疯狗一样，没日没夜在大街上乱窜。后来，他听人说白雪见是和抛弃她的流氓旧情复燃，一起去了绍兴，在八字桥开了一家小酒馆。陈嘉定终于明白，那件放在床上折得好好的大衣，是告诉他，她不再穿他的衣了。她私奔了。陈嘉定也终于明白，一个女人喜不喜欢这个男人，和这个男人对女人好不好没有关系。白雪见注定了，是爱这个流氓的。于是，陈嘉定没有去绍兴八字桥找白雪见。他觉得他永远找不回一个心已经飘远的人。

民国十六年的初春，陈嘉定为了救一名不慎落水的圣约翰大学女生，跳进苏州河里前忘记脱掉警靴，最后被那双浸泡了水的沉重的警靴，硬生生地拽进了苏州河的河底。

陈宝山记得，祖父陈静安在看到儿子的死状后，仿佛一点也没有悲伤，脸上挂着笑意，而且还不停地嗑瓜子。但是在第二天，他躺在那把老旧的躺椅上也莫名其妙地死去，身边的地上有一圈瓜子壳。来帮忙料理后事的是张三立，也是警察，是陈嘉定顶要好的同事。接连失去父亲和祖父，陈宝山正式成为一名孤儿，他被张三立从赫德路领回了家。张三立家就在苏州河边，一幢二层小楼。宝山在那一天见到了张三立永远板着脸的妻子午凤，从此张三立当了宝山的干爹，午凤当了宝山的干娘。宝山还见到了张三立的儿子张仁贵，他们年龄相仿，本来就认识，现在可以睡一个床铺。只是当月圆之夜，月光从窗口洒进来洒在床上的时候，宝山从半夜醒来，会想起那个爱晒月亮的祖父。同样，当他经过苏州河边的时候，也会想起被人拖上岸来的父亲，像一条搁浅的黑色大鱼。

宝山记得他刚住到干爹家的几年，和张仁贵好得不得了。那些年只要到了夏天，张仁贵就会整天泡在苏州河里，日光暴晒，河水浸泡，使得张仁贵背上脱下一层层的皮。张仁贵在水中游得比船还快。但是宝山没有机会下水，他一直被干娘午凤绑在家里。所以这么多年很少有人知道，在苏州河边长大的刑侦处警察陈宝山，他至今不会游泳，是因为当年的河水曾经埋葬了他的父亲。

事实上，也有一位游方的道士牛三斤曾经告诉过他，你不要和水走得太近。

贰

民国十八年，也就是1929年初夏，陈宝山和张仁贵都已经十七岁。他们像是被风吹大的一样，走路的样子摇摇晃晃。陈宝山喜欢这种摇摇晃晃的年岁，他好像是喜欢上了马堂弄一个叫何红菱的女孩。何红菱每次去河边洗衣，陈宝山总是会目送她。何红菱就说，你干啥？宝山说，我不干啥，我就是看看你。何红菱说，我有什么好看的。宝山就又说，你要是不好看，我早就不看了。宝山想了想，还说，你不要生气，看看不犯法。

那年初夏，宝山没有犯法，但张仁贵却犯法了。张仁贵在外白渡桥上和人吵了一架，吵架的原因是张仁贵说水果摊上的苹果坏了，水果摊的那个小个子男人说苹果没有坏。张仁贵要退钱，不退钱就把他扔进河里。小个子不让退，说退钱那是白日做梦。于是他们热火朝天地打了起来，打得很卖力。十七岁真是一个最好的年龄，一般脑子不太能管得住身体，所以张仁贵用十七岁青春勃发的拳头，打死了小个子。小个子匍匐在外白渡桥上，看上去他像是要钻透桥面，一直钻到水里去。张仁贵永远记得那个无所适从的下午，他开始落荒而逃。他在上海北站爬上了一列火车，从此就像风消失在空气中一样消失在人间。同样十七岁的宝山跟着干爹和干娘一起，在上海滩的角角落落四处寻找，一无所获。一直到一个礼拜以后，张三立和午凤，坐在楼下客厅的太师椅两旁，一言不发。他们把整个下午坐了过去，又把黄昏坐了过去，他们完全坐进了一堆黑夜里。宝山就一直看着干爹干娘，张三立不时喝一会儿茶，剥一会儿手指甲。午凤一会儿嗑瓜子，一会儿吃汤团，一会儿突然打开碗橱开始吃一只七天前买来的烧鸡，那是给儿子张仁贵买的。他们就这样一言不发，一直坐到天亮。天光刚刚放亮的时候，宝山在张三立和午凤面前跪了下去，磕了三个响头，各敬了一杯茶说，仁贵不在，我会一直在。我是你们的儿子。

1935年的夏天，陈宝山见证了一桩凶案。那个他顶喜欢的女孩红菱的父亲何大有死了。何大有生前喜欢打老婆，他的老婆叫秀芝。何大有有事没事，会喝个三两酒，然后打一顿秀芝解解闷。何大有在十六铺货运码头扛包，扛包很辛苦。但是他一点也不累，他扛包回来就打老婆，不晓得的人，以为他那么爱打老婆是有工资的。秀芝在家里开了一家锡箔香火店，很安静的一个女人。听讲他们一家是从江苏高邮三垛镇那边过来的，每次何大有打人的时候，嘴里用高邮的方言骂着，辣你个妈妈的。宝山就一直搞不懂，辣你个妈妈是不是给妈妈送上一碗辣椒吃。虽然何大有不厌其烦地打老婆，但是对女儿红菱却很疼爱，挣来的钱时不时地往红菱的兜里塞。红菱说，不要不要，我够用了。何大有说，不够不够，你不要也得要。每次红菱见到何大有打老婆，她都十分平静，因为这样的场面她见到过太多次。她麻木了。后来她是这样想的，可能秀芝活着的任务，主要就是被何大有打。

但是有一天晚上，何大有在十六铺码头卸完货回家后猝死在床上。第二天清晨，家里人哭得呼天抢地，秀芝哭得伤心，看到的人都感叹，虽然秀芝的任务是被何大有打，但是大有死了，她还是伤心的，毕竟一日夫妻百日恩。那时候宝山阴着一张脸，远远地在红菱家门口不远处观望，总觉得疑点重重。何大有人高马大，壮得像一头两条腿的水牛，为什么突然就猝死了？他回家之前，在小酒馆里喝醉了酒，还唱了一首乖乖隆地咚的小曲，同时骂了无数声辣你个妈妈的，并且主动地在家里吐了一大摊，听说死因是被呕吐物堵住了气管。他身上没有伤，可是两只手腕上有淤青……

那天宝山用公用电话匿名拨通了中央巡捕房的电话，把自己的疑点说了一下，来办案的是刑侦处最有名的警长华良。他的身上荡漾着乌普曼雪茄的味道，宝山就远远地看着华良查案。华良带了几名警察过来，他不时地抽几口雪茄，并且闲散地看着警察们在雪茄的烟雾与香气中进行现场勘查。他自己主要是和悲伤的秀芝聊天，说一些不着边际的话，并且讨论了一下高邮的咸鸭蛋和油菜花。华良的目光瞥见了躲在围观人群中的宝山，他眯眼笑着招了招手，宝山就走到了他的身边。宝山听华良说，是你报的警？宝山就说，你怎么晓得的。华良笑了，没有再说话。后来华良又叼着雪茄，走到了秀芝的身边说，你为什么要杀他？帮你一起杀他的人是谁？

秀芝愣了一下，随即很淡地笑了笑。她什么话也没有说，只是望着围观的人群好久，转头望向华良的时候，突然眼眶中有泪水泼了出来，说是我一个人做下的。宝山记得，那天华良一直盯着秀芝的眼睛看，最后秀芝终于把目光移向了别的地方。这时候华良才说，你骗人，你那么小的个子，弄不死何大有。

这个案件结得很快，华良甚至没有第二次出现在马堂弄。报馆的小报记者写了马堂弄杀夫案的事，搞得小报突然很畅销。秀芝被警察带走了，带走的时候宝山也去看，华良探长都没有亲自出现。宝山就觉得华良真是有本事，当警察当到这份上，真是够可以了。同样被带走的是马堂弄的一个修锁匠炳夫，至于炳夫怎么和秀芝合力杀死何大有的，有些牵扯不清。审讯的结果，一会儿说秀芝和炳夫有奸情，一会儿说没有奸情……

那天宝山看到两名警察带走秀芝时，红菱站在自己家的门边，她不看被带走的母亲，她就远远地看着人群背后的宝山。她的表情很古怪，似笑非笑的样子，看得宝山有些不自在。人群完全散开的时候，是这一天软绵绵的黄昏。陈宝山记得苏州河的河面，已经被夕阳染得一片通红，仿佛河面被火点着了。宝山走到了门边的红菱身旁，将一盒百雀羚塞到红菱的手中。红菱仔细地看了一会儿手中的铁皮盒，最后扔在了地上。百雀羚打了几个转，最后落在了地面上。然后红菱进了屋，合上门，将宝山和夕阳全关在了外面。宝山沉默了一会儿，他知道红菱是因为他自告奋勇的报案，而恨上了自己。后来他从地上捡起了那盒百雀羚，他记得弯腰的时候，整个黑夜就在苏州河边的马堂弄降临了。

1937年春天，在干爹张三立的安排下，宝山穿上了警服，加入了租界工部局的中央巡捕房，担任一名华警。在那一天，他远远地见到了华良，在几名警察的簇拥下，钻进一辆车子走了。华良像一道光一样，转瞬即逝，让宝山觉得仿佛刚才只是一阵眼花，看到的是一个幻境。那天是干爹张三立和干娘午凤一起陪着宝山去报到的，他们看到福州路185号巡捕房门前，宝山把牛皮带扎在腰间，顶着正午的阳光，戴上他人生中的第一顶警帽。宝山和干爹干娘在巡捕房门前合了一张影，三个人都笑得很灿烂。拍完了照片，午凤开心得掉了眼泪，她背过脸去把眼泪擦去。宝山心里就咯噔一下，他觉得干爹和干娘看着灿烂的自己，一定会想起那个杀人潜逃的儿子张仁贵。于是他左手搭着午凤的肩，右手搭着张三立的肩，将他们搂得更紧。干娘还将宝山帽子警徽上那只飞翔的警鸽擦拭得异常清爽，让它金黄色的羽毛在宝山头顶闪闪发光。宝山那时就啪嗒一声，对着干娘敬了一个礼，然后说，礼毕！

那天傍晚4点多光景，宝山去了大楼楼顶的露台，上面有成群结队的鸽子，那是巡捕房养着的警鸽。更神奇的是，宝山见到了站在屋顶靠在护栏边上抽雪茄的华良，华良手指间夹着雪茄，举了举手向他打招呼，说，喂，我们是同事了。

著名的侦探华良原来一直记得两年前报案的青年宝山，这让宝山有些受宠若惊。

叁

红菱后来成了仙乐斯舞厅的头牌舞女，用当时上海人的说法，叫吃香得不得了。她和宝山之间，自从她母亲秀芝被警察带走后就再无交集。宝山晓得红菱恨着自己，也不再去打扰她。只是那盒变干了结成硬块的百雀羚，宝山一直珍藏在家中的抽屉里，自作主张地独自芬芳。日本人是这一年8月13号开始进攻上海的，到11月12号上海沦陷，整整三个月上海都沉浸在硝烟的气息中，并且此后的很多年，这种气息在这座城市的每一个角落弥散，任何方向吹来的风用尽全力都没法将这气息吹去。红菱的生活和她的发型、妆扮一样，早就变了。她的生活如同一块旱地，突然被一场大雨浸泡一般变得滋润起来，甚至还在干枯之地冒出星星点点绿芽。她确实变得漂亮和丰腴，或者说她像一只橡皮球一样，变得有弹性了。她穿着时髦的貂皮大衣，或者款式不一色泽纷呈的旗袍，像一道弹性的光一样跳跃在跑马场、西餐厅、舞厅和夜总会。她和一帮大亨玩得很投机，一般的舞客想要约到她的舞，那是几乎不可能的。一直到后来，她成了汪伪大佬钱默生的专用舞伴，据说也住进了华懋饭店的长年包房里，那是可以望得到黄浦江的江景的房间。此刻她已经是孤身一人，马堂弄开过锡箔店的老房子，早就像生了锈一样残败。老实讲，她不在乎的，她也不想要了，她要隔开马堂弄的那种生活，或者把自己换成另一个人，光鲜地存在于这个光怪陆离的世界。

宝山有一次跟着周正龙去仙乐斯舞厅里办案。周正龙那时候还没有当上刑侦处一哥，不过一队的队长，戴一副眼镜，如果不穿警服，看不出他像个警察，而像一位报馆的编辑或者大学的年轻教师。当然在舞厅办案的时候，他和宝山确实穿的是便装。那天宝山看到有一堆人从门口拥进舞厅，大呼小叫的，来头不小，直接奔向了贵宾包房。那时候宝山和周正龙就坐在舞厅角落里，远远地隔着晃动的人头，看到了春风扑面的红菱和油头粉面的钱默生一起出现。

枪声是在五分钟后从包房里传来的。周正龙没能拉住宝山，宝山像一根发作的弹簧，几乎在瞬间冲向了贵宾包房，他看到了倒在地上像一团破棉絮的钱默生，也看到了惊声尖叫的红菱。红菱的身上到处都是喷溅的血，她瞪大眼睛发出单调的尖叫，一声一声机械地重复着。宝山扑向她，一把把她搂在了怀里，然后迅速地伏低身子，告诉她不要慌，没有事。红菱在他的怀里不停颤抖，仿佛寒冬枝头上的一只快被冻僵的鸟。枪声还在零落地响起，钱默生的保镖和刺杀他的队伍正在混战。舞厅里乱成一团，四处都是跑丢的鞋子和被误伤的舞客。宝山拔出枪来，再一次在红菱的耳边说，有我在，你根本就不用怕。

宝山在后来短暂的生命中，一直都记得，那是唯一一次，他抱紧了红菱。

这次事件后来查明，钱默生是被军统的飓风队队长陶大春带队干掉的，这只是一场普通的惩处汉奸的行动。重庆政府下定决心，一定要让汉奸们闻风丧胆，戴老板下令在军统内部组建飓风队，在上海把杀人的事情干得风生水起。钱默生的死，让红菱的生活从此开始发生了变化，不仅钱默生的老婆找到她要跟她清算，而且汪伪政府也认为是红菱勾引了钱默生，让他乐不思蜀，流连舞厅，才遭到了暗算。据说红菱后来离开了上海，在社交圈里淡出了视线，像一滴雨水落进了苏州河里一样，消失无踪。随即有一个叫小金宝的十八岁舞女，浦东来的，成为仙乐斯新的皇后。而红菱去了湖州南浔，嫁给了一个做蚕桑生意的中年男人。这些都是宝山的调查结果，写成档案上报给了队长周正龙。

有一天晚上，宝山走在回家的路上，一个人影从马堂弄闪出，挡住了他的去路。这个人掏出一根烟点着了，喷出一团来路不明的烟雾。宝山说，你是谁？那人说，我是陶大春，我是飓风队的。然后陶大春拔枪抵在了他的脑门上，说，红菱去了哪儿？我们需要找到她，因为钱默生的一份绝密文件不见了。

宝山说，红菱很苦的，你们也敢难为苦命人。

陶大春说，你也是中国人，你竟然在那么短的时间就能把我们查个底朝天，是个人才。所以如果你愿意，希望你能加入我们。

宝山说，我不愿意。我只想当警察。

肆

在1937年至1949年漫长的十二年间，陈宝山一直是一名称职的警察。这期间周正龙早就升任处长，而宝山和周正龙的妹妹周兰扣相识。周兰扣喜欢喝咖啡和红酒，喜欢时装、游泳、击剑、赛马，喜欢一切时尚的东西，最夸张的是她喜欢骑摩托车，匍匐在车身上如一只巨大的甲虫，大街上把摩托车开得电闪雷鸣。她和宝山若即若离，仿佛是喜欢宝山这个沪上有名的神探的，但也好像不怎么喜欢。真是要命。

1946年的时候，宝山认识了童小桥，她是仲泰火柴厂的老板唐仲泰的太太。宝山为童小桥找到了一只失窃的皮箱，以及皮箱内的衣物。也许是因为投缘，宝山爱去唐仲泰家，听童小桥弹琵琶。童小桥琵琶弹得好，特别是《春江花月夜》。而且童小桥穿旗袍坐着的样子，也像一把琵琶。除了听琵琶，宝山还可以和童小桥的司机老金下象棋，但宝山的棋艺远不如老金。宝山很轻而易举地在唐家度过了好多的美好时光。当然，这之前他也认识了顶头上司周正龙的妹妹周兰扣，两个人若即若离，有点儿想要谈恋爱的意思，但又谁都没有挑明。这样的状态就像一场雾，既不是雨，但却会湿身。1948年冬天的圣诞节，宝山买了糖炒栗子，兴致勃勃地给周兰扣送去。宝山始终都记得，那天下着一场不期而至的雪，宝山在路灯下，远远地望着一对男女说笑着向这边走来，大概是因为男的妙语连珠，所以那年轻的姑娘就笑得花枝乱颤。俩人越走越近，宝山看清了那姑娘就是周兰扣，这让捧着糖炒栗子的

宝山觉得无所适从。宝山于是想到了自己的木讷，恋爱是
需要谈的，谈的意思就是谈话。但是宝山又觉得自己是块
木头，木头怎么谈恋爱？后来宝山突然想起，那个和周兰
扣谈得热火朝天的男人，就是唐仲泰。于是宝山发了一会
儿呆，他还是觉得有些难过的。最后他去仙浴来澡堂泡了
一个澡，都快把自己给泡发芽了。然后他踏上了回家的
路，就在离家不远的苏州河边，宝山在雪地里一个人站了
很久，令身边的那条苏州河都觉得宝山是想野心勃勃地站
成河边的一棵树。夜深人静，苏州河边人烟稀薄，只有隐
隐作响的水声。于是宝山在河边坐了下来，专心而细致地
挖了个坑，把那包牛皮纸包着的糖炒栗子埋了进去。

　　那天宝山踩了很久的雪，一路走一路走，咯吱咯吱，
走到了童小桥的家里，说你给我说门亲事吧，我想要成家
了。童小桥不响，宝山也不响，就那么安静地站着。很久
以后童小桥终于说，来喜怎么样？

　　来喜曾经是童小桥家里的帮佣，后来因为风湿痛，走
不了路，在家里歇了一段时间。等能下地走路的时候，她
在大街上摆出了一个香气扑鼻的馄饨铺。宝山记得这个
人，也和她说过几次话。宝山笑了，说我觉得挺好。于是
童小桥问，难道你那个周兰扣不好？宝山笑着说，那是另

一种好，我不太能掌握的那种好。人要识相，任何把握不了的事情，都别去碰。

宝山去找来喜，他请来喜吃面条。在老正兴面馆，两个人坐在一起各自吃了一碗三鲜面。吃完面宝山把面碗一推，掏出皮夹说，我要娶你为妻，钱归你管，人不能管。来喜不响，坐在那儿笑着看宝山，很长很长时间的不响。宝山说，你这样鸦雀无声的，什么意思？肯还是不肯的？来喜仍然不响，心里这样想，每个女人都想管钱，可是管不到。没想到我还没答应嫁，他就已经开始想让我管钱了。

宝山和来喜结婚了。来喜结婚没有什么嫁妆，或者说几乎没有嫁妆，但是她却带来了十来只鸽子，养在宝山家的露台上，好像她的职业是饲养员。也就是在宝山娶来喜的第二天，处长周正龙带来一个人。周正龙说，介绍一下，处里新来的同事，姓赵，赵炳坤，以后你来带他。

伍

关于陈宝山的过往，来喜隐约是有点晓得的。比如宝山对童小桥有点意思，不然为什么老是往童家跑，难道真的是为了找老金下棋？他和周兰扣也有些眉来眼去，兰扣毕竟年轻，毕竟时髦，脸盘子也不错。来喜还知道她是宝山的上级周正龙的妹妹，也是上海的半个明星，在新新公司六楼餐厅的玻璃电台当播音员，还上过《大声无线电》半月刊的《小姐动态》栏目。

宝山当然记得更清晰，他是在警察局的一次新年联谊会上认识周兰扣的。那次周兰扣跟在哥哥周正龙的屁股后面，吃夜宵时，坐到宝山边上说，我全看过了，上海那么多警察，就你最像男人。这是宝山和兰扣最初的认识。当然，后来周兰扣暗中和童小桥的老公唐仲泰好上这件事，宝山并没有打算要告诉童小桥。他觉得人这一生中，总有许多秘密是要烂在肚子里的。

宝山也没有想到，那个离开上海去湖州嫁了个富人的红菱，会在一个月黑风高的夜晚和他相遇。明明是有着昏黄的路灯的，但红菱竟然还提了一盏灯笼，而且还穿着一件白衣裳，披散着头发。她就站在马堂弄她家的门口，锡箔店早就关门了，不大的一楼一底的房子也早就生锈。宝山看到红菱的时候，以为见到了鬼。红菱朝宝山笑了一下，说宝山，我这一生很惨的。

宝山没有接话。两个人就保持着这样的沉默，很久以后红菱说，我没有嫁到湖州去，那都是为了死要面子故意放出的风声。自从钱默生被军统杀掉以后，他的老婆也没有放过我，说不会让我好过。她找了一个有花柳病的人把我强奸了，从此我也就染上了花柳病。我的日子不多了，同仁医院的郭医生告诉我，我顶多还有一个月。

宝山还是没有接话，只是沉默地点起一支烟。红菱说，当年我没有接你送给我的百雀羚，我很后悔的。但是这也难怪，人生之中总有许多后悔的事。听到红菱这样说，宝山就从口袋里掏出了那盒百雀羚。不知道为什么，这天宝山恰巧把百雀羚带在了身边。红菱接过了，打开铁盖，发现百雀羚已经干掉了，结成了块。但是红菱还是很开心，说就要死了，能得到这个礼物，我可以闭眼了。

宝山点起了一支接一支的烟。他看到红菱离开的时候，有一阵风很凶地吹散了烟雾。但是宝山没有跟上去，他很想再看一眼红菱的，但是他最终没有。红菱一个月后真的离世了，宝山得到消息的时候，正在警察局食堂里吃饭。一个接电话的小警察气喘吁吁地跑过来告诉他，说同仁医院郭医生打来电话，一个叫红菱的女病人死了，生前留下话来说，谢谢百雀羚，这是她在人间唯一得到的爱。

宝山笑了一下，专心地吃饭。其实那时候他快吃好饭了，但听到这个消息的时候，他开始细心地一粒一粒地数着饭粒吃饭。那个小警察很好奇，一直到他数完，宝山笑着说，一共一百八十七粒。宝山抬起脸笑着张嘴的时候，小警察发现宝山口中塞满了饭，亮晶晶地闪着光泽，而他的眼眶里，已经盛满了身体里全部的泪水。

陆

1949年的春天来得迅猛，苏州河的潮水也很急。陈宝山带着徒弟炳坤正在破案，就是那桩沪上各种报纸连载不断的连环杀人案。第一个死者叫张静秋，第二个死者叫郑金权，第三个死者是个老太太，大家叫她汤团太太。很长一段时间，案件没有眉目。

有一天，陈宝山在外白渡桥上碰见了一名国民党军官，认出他就是当年锄杀了汪伪汉奸钱默生的陶大春，抗战胜利后他就浮出了水面，现在在淞沪警备司令部里上班。两个人在桥上抽了一会儿烟，在一堆飘荡的烟雾里，宝山说，形势怎么样？

陶大春想了想，把烟蒂扔进了外白渡桥下的苏州河里，说，不好说。

后来陶大春又问起，当年差一点被一起锄杀掉的，后来他们又追查的那个红菱，现在怎么样了。

宝山说，死了。

陶大春不响，望着脚下的河水很长的时间。后来他抬起头，朝宝山笑了一下说，再会。

这是宝山和陶大春的最后一次见面。没过多久，上海解放了，宝山不知道陶大春去了哪里。宝山是这样想的，陶大春要么战死了，要么就是去了台湾。

柒

在医院懒洋洋的床上，宝山想到苏州河的水一定很凉，而且流得很着急，仿佛一种催促的鼓声。这时候他开始回忆起父辈们的过往，以及自己略显匆忙的路途。他有点惦记左记灯笼铺的左书令，不知道是什么原因，就是惦记。除夕的脚步越来越近，高音喇叭播放着激越的革命歌曲，全城上下都是崭新的气象，连空气都是新的。宝山作为小部分的劝退人员，早已被人民政府接管的上海市公安局劝退，去仲泰火柴厂当了一名门房。华良一定是不晓得，这是后来改名为张胜利的张仁贵在做手脚，他不愿意神探陈宝山留在公安局，这会是他的一块绊脚石。也是在这时候，宝山因为患了严重的脑肿瘤头痛难忍，开始为来喜肚中的孩子做一切的准备，甚至削了一把木头的手枪。

228

他的从警之路有些坎坷，也对被劝退有些不甘心，但他仍然希望儿子当警察。于是他对来喜这样托付，等儿子长大了，让他去考人民政府公安局当警察。来喜听了他说的话后，侧过头去不响，后来索性一个人摇摆着肥硕的身子，去了楼上的露台。在露台上，她对那群咕咕乱叫的鸽子说，我顶舍不得的是他。

宝山一个人在病床上的日子，白天竟然也开始恍惚。仿佛白天本身是一场梦。在这样的梦境中，他一会儿昏迷，一会儿清醒，来喜就经常腆着肚子来医院看他。有无数次，都是炳坤开着边三轮摩托车送她来的。来喜来了，坐在床沿上，坐下来就是半天，一直握住宝山的一只手，仿佛不握住宝山的手，宝山就会像鸟一样飞走。来喜说，你是在回忆什么呢？宝山想，自己的心思还是被来喜看破了，于是就说，我还是想起了兰扣。原来周兰扣和唐仲泰，曾经在1949年除夕前两天选择了私奔，那时候上海城乱象频频，仿佛是闻到了战火的气息，很多有钱人选择开始外逃。周兰扣和唐仲泰也乘上了太平轮去台湾。但事实上他们最后没有去成，在上船的那一刻就因为超员三百人，被挤落在十六铺码头的浅水中。他们命大，因为这艘船在舟山群岛海域与满载着煤炭和木材的建元轮号相撞，太平轮沉没。

于是唐仲泰和周兰扣顺势潜伏了下来，唐仲泰的真正身份是国民党保密局的。接着在一次炸毁电厂的永夜计划行动中，周兰扣在杨树浦发电厂里执行上头交给她的爆炸任务时，被炳坤和他的同事贺羽丰同时射出的子弹打死。而唐仲泰在垂死挣扎的过程中，感受到了连绵不绝的无望。于是他索性拿枪对准了自己的太阳穴，扣动了扳机。

宝山也顺便想起了张仁贵，上海解放前夕，他作为公安队伍的一员，随部队从山东济南出发，在江苏丹阳集训了三个月，然后再次出发进入上海城，接管警察局。他的名字已经改为张胜利，早年他在外白渡桥上打死了一个人，匆匆外逃的途中，还参加了国民党的队伍。最后各种机缘巧合，他的上司让他混进了共产党的军队。而那个沪上顶有名的连环杀人案中，汤团太太的儿子，张静秋和郑金权，都曾经在国民党第七十二军部队服役。他们是在上海知道张仁贵真实身份的人。宝山还查到为了安插张仁贵，让他作为公安局里最有前途的人潜伏下来，保密局的其他同事杀了有可能会揭露张仁贵身份的这三个人，以洗白张仁贵。最后，张仁贵还是被揪了出来，枪毙了。

宝山回想起自己一个人替张胜利收尸的时候，他跪在沪西新泾港的息焉公墓干爹干娘的墓碑前，很长时间都不知道该怎么开口。他没法把张仁贵的事情跟两个老人讲清楚，他想了好久。最后他很疲惫地把头抬起，看见这一大片公墓的拱形门楣上，有四个字写得很清晰：天堂入口。

宝山还顺便想了一下童小桥，她的身份是国民党保密局的，不仅是丈夫唐仲泰的上线，还是她的司机老金的上级。而老金还有一重身份是她的亲舅舅，代号叫老根儿。老金很喜欢她的，把她当成自己的女儿，什么事都愿意干。那桩连环命案中死去的几个人，都与他有关。向他下达命令的，无疑就是外甥女童小桥，代号水鬼。宝山当时送童小桥去了崇仁老家，但是童小桥却偷偷地回到了上海。问她为什么回来，童小桥说，现在说这些，一点都不重要了。

那什么才是重要的？

重要的是这辈子碰到什么人。碰到什么人你就会走什么路。童小桥这样说。

捌

据乌镇路上的居民回忆，那天差不多是傍晚5点钟光景，陈宝山一个人走下了苏州河。他懵懵懂懂的，那天下着微薄的雨，所以宝山是走在一片铺天盖地的雨雾中。当有街坊看到时，只看到一个灰黑的人影，像一幅水墨画一样洇进河水。那时候苏州河仿佛静止，世界安静得完全失去了声音，河水也在那时候漫上了陈宝山的脖子。宝山睁着眼，在河水里看到了模糊的从前，河水像一块电影院的银幕，银幕上他的一生匆匆而过，像走马灯一般的影像闪现，祖父和父亲与他的所有交集，也在瞬间重现。宝山很小的时候失去了妈妈，妈妈的名字叫白雪见，是个哑女，离开陈家的时候走得悄无声息，像是从来没有出现过一样。所以当陈宝山一步步走到河水的最深处时，像是走向了母亲温暖的子宫。他感到十分妥帖，安心，于是他想睡一个最长的不会醒来的觉。

邻居们晓得宝山是不会游泳的，他在落雨天的这个时候穿了一双笨重的鞋子下水，真是有点让人捉摸不透。宝山最后蹲下身子慢慢沉了下去，好像是要试一试水深，但是没过多久，水底就啪的一声传来了暗哑沉闷的枪响。

枪声很闷，也很短促，仿佛是在河水里受了潮。宝山是把枪口顶在下巴上，朝天发射的，子弹携带着河水和宝山的血水，像一股扎实的喷泉那样冲天而起，直接奔向了辽阔而自由的空中。在邻居们的记忆里，这天傍晚的苏州河像是下了一场红色的雨。河水泛着宝山的血,让人触目惊心。那个时候,刚好有一辆卡车从不远处的外白渡桥上经过。宝山觉得自己突然变得很轻,他的身影飘飘忽忽,最后飘到了桥上,他看到苏州河的岸边,围了很多人,很热闹的样子。于是他就知道,这些人在观望着被河水吞没的自己。这时候他仿佛看到了左书令,也站在外白渡桥上,竟然穿的是女道士的服装,手中持着一盏走马灯。左书令对着他微笑了一下,说,这是老天的安排。

宝山的尸体后来在水里浮沉,最后落入河床的最深处,也许是在为沿着水路去苏州旅行作一次长久的准备。没有多久,他的尸体被一条沙船打捞上岸。陈宝山的警服被他摆在岸边,叠得非常整齐。

来喜被邻居们叫来,匆匆地奔向了苏州河边,然后她人一歪倒在地上,昏过去很久。她不知道自己是怎么回家的,也许是被邻居们抬回来的。来喜在当天夜里醒来后,才发现了宝山的病历单,它安静得像一个熟睡的孩子,躺在鸽子笼前。病历单上写得很清楚:脑肿瘤,晚期。

医生诊断结果接下去的一页,是宝山留下的一份遗书。他说,来喜,孩子不用随我姓,他跟着你一起姓苏。要不就叫苏州河吧,这名字很好记。

苏州河以后不用当警察，当警察辛苦。

来喜就想，陈宝山明明喜欢当警察，也表示过希望自己的儿子当警察，临死之前怎么又突然改变了当初的念头。甚至连孩子的姓，也让跟着母亲姓，是不是陈家世代当警察的生涯，就此结束了。

宝山的这份遗书，字写得歪歪扭扭，让人想起他在提起钢笔时是花了多少的力气，可能整个身子都在颤抖。这天夜里，得到消息的炳坤来到了师父家，他和来喜替宝山守灵。宝山身边点了很多蜡烛，将他一张脸映照得很红。

散场

2014年，春天来到了杭州的龙井草堂，这儿是一座辽阔的食府，亭台楼阁，小桥流水，包厢却只有八个。而且在这儿吃饭，不接受点菜，只接受排菜。龙井草堂很像是一座古代的园林，或者这儿就是另一个古代。除了约定俗成的鸟鸣，还有流水一成不变的声音，以及一些花在风中不小心跌落的声音。左书令已经来到了她的八十三岁，她穿着女道士的服装，懒洋洋地坐在一处亭子的美人靠上，一动不动，像一幅古代的人物画。亭子外的一圈，落满了一些各不相同的春花，被雨水冲刷和浸泡，很有一些愁怨的况味。

一个叫言午的十八岁女孩，她穿着牛仔裤，简单的套头衫，正从一条水渠边离开，信步走到了穿着道士服的左书令不远处。言午望着左书令，左书令就笑了一下，是那种像棉花一样的笑。然后言午被左书令的目光所吸引，一步一步向左书令走去。

2014年，陈宝山的女儿苏州河已经六十四岁。她一直在杭州生活，以前是杭州的一位铁路民警。在退休后的一段时间里，她顶喜欢去的是凤凰山，据说那是南宋皇城遗址所在。她对遗址的兴趣不大，主要是为了去看看南星桥开往乔司的那趟绿皮火车。绿皮车已经很稀少了，她内心有些许的害怕和慌张，觉得绿皮车一消失，就等于是一个时代的消失。而在漫长的退休生涯中，她竟然为自己找到了一份新的工作，就是去龙井草堂帮忙打扫卫生。龙井草堂远离尘器，整座山庄被绿叶所遮盖，并没有多少灰尘。于是苏州河就经常拿一块抹布，在各个亭台东抹一下，西抹一下，像是在抹去一些时间的印痕。苏州河闲不住，灰尘擦了，又来了。灰尘来了，又擦了。她参加了老年读书会，读书会经常组织会员们去参加作家的见面会，听他们讲创作故事，几乎是一个月一次。最近她在看的一本书竟然就叫《苏州河》，那名作家口若悬河，普通话很不标准，但她坐在听众席上，听得入神，眼泪一刻也没有停过。

苏州河的儿子，也是一名警察，在西湖区的交警大队上班，每天在苏堤、白堤附近指挥车辆。儿子说，你都退休十年了，好省省的，不要再去上什么班了。苏州河就说，我就去擦擦灰尘，也不累的。儿子说，这个世界上的灰尘，哪里是能擦得完的。苏州河说，那也不能因为擦不完，就不擦了吧。儿子不响。苏州河就又说，我喜欢龙井草堂。儿子就问她，那里是一个吃饭的地方，你会喜欢草堂的什么呢？苏州河就笑笑，其实她也不知道喜欢草堂的什么。

那天苏州河的工作是擦龙井草堂院子里那些美人靠的栏杆，擦到了左书令坐着的亭子。她看到了奇怪的一幕，就是一位老年的女道士和一位穿着简洁清爽的姑娘，并排坐着。她们是左书令和言午，虽然一言不发，却始终不停息地微笑，仿佛微笑是她们这个下午的工作。后来，当夕阳完全落下，黑夜正式来临的时候，言午开始泪如雨下。她想到了家里的父母和弟弟，以及父亲开办的一家微小的工厂，家里一座温暖的小院，饭菜飘香。后来左书令伸出手，轻轻握住言午的手，温和地说，跟我去上海松江的七堡镇吧，那里有个明真宫，应该适合你。

　　手中拿着一块抹布的苏州河，在她们身边坐了下来。这时候她看见不远处的小径上，两名穿红色中式斗篷和改良旗袍的女子，是龙井草堂的迎客小姐，年轻得顶多二十挂零的样子。她们各提着一盏灯笼，着急地行走在龙井草堂巨大的院子里。就这样，三个年龄各不相同的女人，坐在美人靠的木栏上，共同看到的是两名提着灯笼的女子，引着一位中年男人走向一个叫枯荣亭的包厢。而左书令分明想起，在遥远的过去，她家那间淮安路上的左记灯笼铺，在未被大火吞没之前，挂满了各式灯笼，比迎客小姐手中举着的灯笼精致多了。同时她还想起，在她十九岁那年冬天，一个叫陈宝山的警察来找她买过一盏灯笼。那是一盏走马灯。

2024 年 6 月 3 日

人生倒映在苏州河的波光里

——小说《苏州河》的一些创作碎片

一、我和警察

大概在七八年前，我开始了小说《苏州河》的构思。我把一些想法陆续记在纸上，并且塞进一只牛皮信封里。这个尘封了好几年的故事，讲的是一个警察，他在1949年新旧交替之际，经历了巨大的人生变故。我对这个故事情有独钟，觉得这个故事像是一块梅花形状的胎记，古典，苍凉，凄美。

现在我的书架上，仍然放着一本书，叫作《海上警察百年印象（1843—1949）》，那是作者送给我的。2014年秋天，我开始了对上海警察史的研究，还去了瑞金南路上的上海公安博物馆。向来，我对警察这个职业，有着莫名的好奇和好感。我四五岁的时候，随母亲去外婆家小住。外婆家在上海杨浦区龙江路75弄，我走丢了，走到了龙江路派出所门口，被一个中年警察抱起。他在我胡乱的指认下，四处寻找我外婆的家。我依然能记起那场时隔数十年的饥饿，他买饼给我吃。一直到黄昏，我的外婆和母亲到派出所报案。在我的记忆里，那天的路灯特别昏黄，童年因此而变得漫长。警察狠狠地教训了她们，并且向我外婆报销了买饼的钱和粮票。很多年后，我想，如果不是这位警察，我可能就被人拐走了，所有的人生都会变样。我年少的时候，在老家枫桥镇狭长的挤满了行人的街上，曾经见到穿着蓝色警服的公安人员，押着五花大绑的小偷去往派出所。我觉得公安人员威风凛凛，手就掐在小偷的后脖子上，像掐住了命运的咽喉。

这是我眼里的警察，而警察有警察的人生。

我外婆家的隔壁，住着一个和蔼的中年男人，他喜欢模仿我的家乡话跟我说话。后来他死于车祸，我才知道他是一名便衣警察。因为他的鼻子上长着一颗黑痣，所以我们都叫他黑鼻头。他出车祸的时候，我在想，世界上少了一个喜欢同我讲话的人。我的童年，因此多出一分寂寞。

这是我对警察的一些零碎的记忆。而写警察是我深藏在心底的一个梦。

二、警察陈宝山

他姓陈，叫宝山，是沪上的警察世家，生活在苏州河边。《苏州河》的情节，我就不细说了。我特别想说他的人生。他是刑侦处的警察，但他不是领导，因为业务好的人一般当不好领导。他生活在警察局、家中，还有案发现场，三点一线。他沉默寡言，偶尔会笑一下，披一件风衣，喜欢啃葱油饼。我想他是清瘦的，他很像邻居家的大龄兄长，稳重，智慧，有那么一丝忧伤的笑容。

上海多雨，他和苏州河一样，经历过人生中无数的雨阵。在小说里，他一直在破案，在破案的过程中，他发现这个破碎零落的国家，一步步地脱胎换骨，最后见证了政权的更迭与交接。人是不能选择时代的，只能在时代中选择一种活法。一名优秀的刑警，或者说侦探，并没有被留用继续当警察。我想，当宝山离开钟爱的职业，无疑如一个孩子失去心爱的玩具。我刻意让陈宝山去了火柴厂当门房；我让他娶了不爱的人，保护不了爱着的人，抽身远离了不爱自己的一个人；我让他有一支漂亮的佩枪，但是他因为病痛折磨，却用这支枪饮弹自尽；我让他有了孩子，但是孩子却成了遗腹子；我让他们陈家世代都是警察，从清朝做捕快开始，至民国，至汪伪，至抗战胜利，到上海解放。而他最后的警察理想，像升在空中的一道光一样，照亮了他斑驳却正义的人生。

他就像我一位话语不多的朋友，相顾无言，会心一笑。写下这个小说时，我总觉得他就坐在不远处，悄无声息地喝茶，或者正翻看着当天的报纸。

陈宝山最后死了，人生谢幕，苍凉如深秋的苏州河。这是小说里的故事，但我觉得他一直活生生地生活在上海，像我少小离家外出谋生的兄长。

三、他们和她们的爱与哀愁

陈宝山心中深埋的是对童小桥绵绵不绝的爱意，只是他不说。他当然也有过自己的年少轻狂，最后成为一名优秀的警察。在小说向前的行进中，他的性格和行事风格已经稳如一座山，所有的情绪只在心底起波澜。他在童小桥身上，寻找到了一种无言的辽阔的母意。童小桥也是如此，对于陈宝山来说，她就是一朵温暖的被太阳晒过的棉花。她十分清楚地知道陈宝山的心意，但她真正的身份是代号"水鬼"的女特务。所以她收起了哪怕一点点的爱的涟漪，端正而平静地弹奏她的琵琶。她给陈宝山做媒，介绍周兰扣给他认识。周兰扣是宝山顶头上司周正龙的妹妹，年轻而热烈，是封面女郎、游泳女郎、摩托女郎，她跟当年上海滩的摩登和时尚有关，像一个随时都会高高飞扬的氢气球。但是童小桥和宝山都没有想到的是，周兰扣早就和童小桥的丈夫唐仲泰暗度陈仓。他们在上海滩爱得恣意而欢快，像迎风奔跑的一对林中小鹿。洞悉所有的童小桥和宝山依然平静如故，也许世界上有一种成熟，叫作"不说"。在上海解放后，陈宝山才会侦查到，周兰扣和唐仲泰都是潜伏特务，他们根本没有成功搭乘太平轮前往台湾，而且他们是童小桥的不能直接联系的"下线"。陈宝山才会了解到，周兰扣和周正龙站在了完全不同的两个阵营。曾经，地下党员周正龙为了毁掉潜伏特务将要实施行动用的炸药，把自己炸得粉身碎骨。最后，时代的潮流滚滚向前，上海解放，黎明在黄浦江上呈现出水天一色的美丽光亮。宝山被排挤成了火柴厂的门房，这是他无比灰暗的时光，他看着童小桥被自己的徒弟炳坤在反特暗战中逮捕。她有自己的理想和信仰，尽管她走向了正义的反面，但这不影响她曾经有过的青葱而美丽的过往。她最后身穿旗袍从潜伏的轧棉厂楼梯上走下来，服毒自尽，嘴角含笑，顺着墙壁委顿在楼梯上，像一朵艳丽的梅花。她和宝山的告别，在最后一道无言目光中用尽了所有的温婉。

其实所有的人生大抵如此，不了了之。或者，一切都来不及。

对于宝山而言，1949 年新旧交替那段短暂的时光像一场梦一样。他把情感深深埋起，娶了会做葱油饼的朴素的来喜。他把所有的薪水交给来喜，他知道来喜其实是属于共产党地下组织的，但他没有点破。他的立场慢慢向来喜的组织倾斜。来喜才是最爱他的女人。宝山死后，她抱着宝山的遗腹子来到宝山的墓前，她的前夫也就是宝山的徒弟炳坤送她来的。炳坤希望两个人仍能一起生活，并且一起抚育宝山的孩子。但是来喜拒绝了，此时的来喜平静而决绝，她的心历经千帆，不会再起波澜。当然，她十分地知道，宝山是喜欢过周兰扣的，也知道宝山心里爱着的应该是童小桥。立场的对立，并不代表爱意的消退。童小桥是宝山一个瑰丽而缥缈的梦。

这是那个时代，他们和她们的爱与哀愁。我深深怀念。

四、诸暨人混迹在上海滩

他曾任上海市警察局局长，诸暨人，叫俞叔平。俞叔平是中国第一个警察学博士，去奥地利维也纳大学留过两次学，抗战时期回国，戴笠先邀请他去当了重庆中央警校的教官。他写了好多本刑事侦查方面的书，在小说中，他送过宝山一把枪，是比利时的花口勃朗宁。枪的编号跟宝山的警号是一致的，0093。

正是用这支枪，宝山在小说的结尾处饮弹自尽。

俞叔平的手下周正龙，刑侦处的处长，宝山的顶头上司，是诸暨枫桥人。他为了在警备司令部捞出被关押的宝山，和司令部的人攀关系，提到了同是枫桥人的宣铁吾，既是司令部的司令，也当过警察局的局长。当然，宝山后来娶的妻子来喜，也是诸暨人。

尽管《苏州河》中密集地出现了好多的诸暨人，但我仅对俞局长充满了敬仰。在我的想象中，他是一名学者，儒雅，好学，穿一身呢子西装。他应该生活在高尚的法治的社会中，而不是身处乱世。他治不了乱世，治乱世不会是他的长项。接替他职位的是毛森，但是毛森最后还是坐飞机逃走去往台湾，走得仓皇。他逃走的时间，是1949年5月24日，离上海解放还有三天。那时候的炮声，像春天的一挂响亮的鞭炮，来得如春雨一样及时，充满诗意。

他们是混迹上海滩的诸暨人。上海和诸暨是我的两个故乡，村口站着穿着黑色夹袄的祖父，一声不响；弄堂口站着戴着工人帽的外祖父，叼着一支没有滤嘴的纸烟。我是这两地之间的一棵蒲公英，吹到东来吹到西。

五、福州路 185 号的 1949

在我十分年轻的时候，我当过武警。尽管在我的心目中，武警并不是警察，而是士兵，但武警仍然是一个警种。假定时光回到 1949 年，那时候的公安，大部分是从部队转过去的，甚至警服也是解放军的服装。1949 年春天，济南市公安局南下干部加上华东警校的部分学员共一千四百多人，5 月 9 日从济南出发，乘火车，15 日到达江苏丹阳，参加公安集训。那时候中共华东局和第三野战军司令部等首脑机关，就驻在丹阳城内。5 月 25 日下午，这支浩荡的部队，随着华东局机关，由丹阳乘火车到上海南翔，再分批乘汽车向上海市区进发，先后进驻徐家汇交通大学。那时候，炮声隆隆，如果你看过老电影《战上海》，就能大概知道解放上海时的场面。5 月 27 日，上海解放，上海警察局随即被接管，中间几乎没有任何间隙，可谓天衣无缝。在那个"大接管"的时代，教育、电力、电台、工厂、航运，什么都需要接管。警察局的接管，只是新政府对其中一种城市治安的接管。小说中的张胜利，就是从济南出发的，他还当了公安局的一个干部。而他真实的身份，是暗藏的特务，事实上他就是宝山养父母的亲生儿子张仁贵。解放初期,上海市公安局留用了百分之八十的旧警察。陈宝山业务如此精尖,仍然没被留用,那是因为张胜利暗中作梗。因为一个推理专家的存在,会妨碍他更深的潜伏。

刚刚胜利的上海,到处都是暗藏的特务。公安局最重要的任务,是反特。

我真愿意也是在那时候当的兵,能穿着解放军的军服,哪怕只在公安局门口站岗,也是一种莫大的荣耀。如果我抬起头,天空是比蓝更深的蓝。

六、苏州河倒映着人生

我还是想说这条叫苏州的河。我特别愿意对一些事物发呆,比如窗口的黑夜,比如一棵安静的树,一汪忧伤的湖水,一截老去的城墙,空旷得让人发慌的露台,或者是一条叫苏州的河。

曾经我对外白渡桥和提篮桥,莫名地感兴趣。许多年前的一个冬夜,我不由自主地出生于老家的一座叫枫江的桥上。还没到医院,我就在父亲匆忙前行的板车上出生了。我特别喜欢在桥上看风景,我也曾骑着脚踏车去过外白渡桥,站在桥上想象着各种人生。在我的小说《醒来》

中，就详细描写了苏门站在桥上，陈开来给她拍下了无数照片的场景。我喜欢的主要是外白渡桥的钢构架，桥身硬朗，立在柔软的水上，相得益彰。当然，我也曾在提篮桥逗留，在我遥远的少年时代，每次从诸暨到上海，我都需要从老北站（火车站）乘13路公交车抵达提篮桥，然后换乘28路至许昌路下车。而提篮桥最著名的就是监狱，号称远东第一监狱。这座监狱，在《麻雀》中会出现，在《苏州河》中也会出现。

上海，我的半个故乡，深深融进了我的血液。

我曾经被一张旧照片深深吸引。在解放上海战役中，苏州河沿岸战事胶着。美国记者哈里森·福尔曼在南京路上亲见解放军睡在人行道上，发出由衷赞叹并记录在其战地笔记中，"这是一个感人的画面，这些年轻人日夜行军战斗，一定累坏了。苏州河畔的枪声，也没有吵醒他们，他们睡得很熟"。这里的黎明静悄悄，他们如此疲惫，说不定身上还带着枪伤。在新生的世界来临以前，躺在地上的，其实是光芒四射的赤子。

我私下里猜测，他们的人生会是怎样的？是不是这些士兵中也有我的诸暨老乡？

站在外白渡桥上，你可以看到驳船拖着沉重的船身，像一条黑色的蜈蚣一样，蜿蜒向前。我知道驳船有驳船的方向，河流也有河流的方向，如同我们不规则的人生。苏州河会通往苏州，但我不知道是不是也能通往诸暨。黄浦江和苏州河，在外白渡桥附近交汇，江河因此而奔腾。

　　奔腾是一种活力，是生命，是活着的意思；是年轻，是不惧过往和将来的人生。

　　在苏州河的波光里，你能看到大把的人生，他们像海市蜃楼一样地呈现，水汽氤氲，像一张银幕。《苏州河》里的人物在银幕上朝我点点头，挥挥手。这世界，多少的屈辱与荣光，梦想与绝望，都映照在了苏州河中。她已不是一条河，她是一面镜子，照得见我们灰黄的过去。

　　谨以此小说，献给周正龙、炳坤等一批为了上海的黎明而无声暗战的共产党员，献给我热烈地爱着的上海，更献给心怀警察理想的陈宝山，献给我们普通而瑰丽，曾经如烟花一般绽放的人生。

　　所有的人生，都倒映在苏州河的波光里。

2021 年 8 月 18 日